中华魂

ZHONGHUA HUN

百部爱国故事丛书

诗书印画　全入神品

——国画大师齐白石

王　冰　编著

吉林人民出版社

图书在版编目（CIP）数据

诗书印画　全入神品：国画大师齐白石／王冰编著
.--长春：吉林人民出版社，2011.3（2021.8 重印）
（中华魂·百部爱国故事丛书）
ISBN 978-7-206-07543-8

Ⅰ．①诗… Ⅱ．①王… Ⅲ．①故事－中国－当代
Ⅳ．① I247.8

中国版本图书馆 CIP 数据核字 (2011) 第 032623 号

诗书印画　全入神品
——国画大师齐白石

SHISHU YIN HUA　QUAN RU SHENPIN
——GUOHUA DASHI QI BAISHI

编　　著：王　冰
责任编辑：刘　涵　　封面设计：孙浩瀚
制　　作：吉林人民出版社图文设计印务中心
吉林人民出版社出版 发行（长春市人民大街7548号　邮政编码：130022）
印　　刷：北京一鑫印务有限责任公司
开　　本：787mm×1092mm　1/16
印　　张：8　　字　　数：64千字
标准书号：ISBN 978-7-206-07543-8
版　　次：2011年3月第1版　印　　次：2021年8月第2次印刷
定　　价：35.00元

总　序

《中华魂》是一套故事丛书。它汇集了我国自鸦片战争以来一百八十余年间的近百位民族英雄、仁人志士、革命领袖、先进模范人物的生动感人事迹，表现了他们作为中华儿女的伟大的爱国主义精神。

爱国主义是人们对于“生于斯、长于斯、衣食于斯”的祖国的一种神圣感情，是人们对于自己民族的一种强烈的责任感和使命感，是感召和激励整个中华民族的一面永不褪色的旗帜。在一百多年的中国近现代史上，爱国主义一直激励着中华儿女为祖国的独立、统一、进步和繁荣而英勇奋斗。从“苟利国家生死以，岂因祸福避趋之”的林则徐，到“我自横刀向天笑，去留肝胆两昆仑”的谭嗣同；从“铁肩担道义，妙手著文章”的李大钊，到“青春换得江山壮，碧血染将天地红”的赵一曼；从“县委书记的好榜样”的焦裕禄，到“问鼎长天，扬我国威”的邓稼先……都表现出了强烈的爱国主义精神。正是由于热爱祖国的人们前仆后继地奋斗，国家和民族才得以生存，才能够在一次次历史危急关头转危为安，走向兴盛和富强，从而屹立于世界民族之林。爱国主义是鼓舞中华儿女历经忧患、跨越沧桑、百折不挠、自强不息的伟大力量，它贯穿于中华民族的整个历史，并有力地凝聚着五洲四海的中国人。

爱国主义是一个历史的范畴，在社会发展的不同阶段、不同时期有不同的具体内容。革命时期，需要我们为祖国的独立自主出生入死；建设时期，需要我们为祖国的繁荣富强增砖添瓦。在全国各族人民团结一心，开启全面建设社会主义现代化国家新征程的今天，我们要争做一名新时期的爱国者。新时期的爱国者要有强烈的民族自尊心、自豪感。民族自尊心、自豪感是任何时期、任何爱国者都必须具备的情感。民族自尊心能增强我们自立向上的恒心，民族自豪感能树立我们建设祖国的信心。要树立“祖国高于一切”的崇高信念，为了祖国和人民的利益不惜抛却个人的利益，甚至不惜牺牲个人的生命。我们要树立终身学习的理念，拓宽自己的知识面，广泛吸收新知识、新技术，完善自身的知识结构，更新学习知识的方法与理念，从思想上、知识上充分武装自己，为祖国的繁荣昌盛贡献力量。

爱国主义思想的继承和发扬，是关系到民族盛衰、国家兴亡的根本问题。爱国主义思想情操的形成，需要不断地培养。培养爱国主义精神的一个重要途径是向英雄人物和典范事迹学习和致敬。这套丛书的出版,对于青少年向英雄和先进人物学习,特别是对于在中小学生中进行爱国主义教育是不可多得的生动的教材。祝愿此书出版发行成功,为培养时代新人做出贡献。

胡维革

中华魂
百部爱国故事丛书

扫除凡格总难能，十载关门始变更。老把精神苦抛掷，功夫深浅自心明。

——齐白石

目　录

中华魂 百部爱国故事丛书

ZHONGHUA HUN

多病而贫困的童年时代

湖南省湘潭县城的南面，离城一百来里有个小村庄，名叫杏子坞，乡里人叫它杏子树，又叫殿子树。东头有个水塘，名叫星斗塘，传说早年天空中掉下过一块陨星石，落在塘里，故此得名。星斗塘边上，坐西朝东，有所小茅屋，齐白石就是在那里出生的。

1863年阴历十一月二十二日，一户姓齐的农民家里出生了他们的长子，取名纯芝。这就是后来的齐白石。纯芝的“纯”字是齐家排辈排下来的，平时父母都叫他阿芝。他最早的号叫渭清，祖父给他取的号叫

兰亭。现在人们所熟悉的名字齐璜，是他27岁时老师给取的；老师还给他取号“濒生”，别号“白石山人”。后来他自己简称“白石”，又称“白石翁”“白石山翁”，由于人们习惯叫他“齐白石”，久而久之，他也以此自称了。他一生自起的别号很多，有“情奴”“木人”“木居士”“老木”“星塘老屋后人”“杏子坞老农”“湘上老农”“江南布衣”“寄幻仙奴”“白石老农”“借山翁”“借山老人”“一粟翁”等，这些别号与他的生活经历和思想情感都密切相关。齐白石家里穷得很，除了几间东倒西歪的破茅屋为全家五口人勉强能够遮挡风雨以外，只有大门外晒谷场旁边的一亩水田。这一亩水田，叫作“麻子丘”，“地步”要比别家的亩田大得多，好年景也能收个五六石稻谷。可就这仅有的一亩水田，五六石稻谷，要想糊住五口人的嘴，无论如何是不够的，遇上年景不好，收成打了折扣，就更不够吃了。他祖父和父亲遇上农闲时节，只能出去打点零工，贴补家用。齐白石有一方印“星塘白屋不出公卿”，指的便是这种家史和家境。这个贫穷的家庭生活得很和谐。祖父万秉公，性情刚直，在乡里敢于说公道话，打抱不平，乡亲们称赞他是“走阳面的好汉”，他也以此自负。祖母温和谦让，又能吃苦耐劳，常常戴着十八圈的大草帽，背着孩子下地干活。父亲齐以德安分守己，老实怕事，受了冤枉也只是忍受，从不和人计较争执。母亲和父亲正相反，她既能干又刚强，只要自己有理，就不肯受欺侮。平时处世待人，孝敬老人，和睦邻里，十分有分寸。家里各种劳作和杂务，如种麻织布、养猪养鸡，都是她一手操持。齐白石自出生以后，身体很弱，时常闹病。在他两三岁时，几乎没有一天不闹病的，有时病得非常厉害。祖母和母亲总是四处去请医生，开药方，烧香许愿，求仙拜神。只要打听到哪里有个略有名声的医生，总得想法子去请教。大夫开的药方，积存下来，差不多可以订成厚厚一本书了。家里本就不富裕，再加上吃药的钱，就更困难了。好在齐家男女老少人缘都很

好，到药铺里说几句好话，求求人情，就可以赊账，总能解得燃眉之急。直到4岁那年，他才慢慢好了起来。在天气寒冷的日子里，祖父用他那件脱了毛的老羊皮袄把孙子裹在胸前，用铁钳在柴灰上写出一个“芝”字，对他说：“这是你阿芝的芝字！”从此，小齐白石开始学习认字。他晚年曾画过一幅《霜灯画荻图》，题诗道：我亦儿时怜爱来，题诗述德愧无才。雪风辜负先人意，柴火炉钳夜画灰。到7岁时，祖父把所认识的三百来个字都教给了他，再也无法当他的老师了。恰好他的外祖父要在临近的枫林亭教蒙馆，母亲就把平时积攒的斗谷换成纸笔，让他转年上了村塾。外公教的是《四言杂字》《三字经》《百家姓》和《千

家诗》。有祖父教的三百来字的基础，再加上天资聪颖，小齐白石学得又快又好，特别是《千家诗》，读起来朗朗上口，很快就背得烂熟。除了背书，外公还教他们在描红纸上写字。写字写腻了，他就用描红纸偷偷画起画来。老渔翁、花草虫鱼和鸡鸭牛羊都成为他写生的对象。他非常喜欢画画，没事时就画几笔，以致新换的写字本不几天就撕完了。外祖父发现他在描红纸上涂画，便呵斥他不干正事，并用朱柏庐《治家格言》“一粥一饭，常思来之不易；半丝半缕，恒念物力维艰”来教导他。但他抑制不住画画的兴趣，便找包皮纸来画。这在他心中留下了深刻印象。直到晚年，他还常把包东西的纸收起来，高兴时就在上面作画。他在七十多岁时给人画过一幅《三省图》，是幅很精彩的佳作。画的是三只冬笋，“三省”是切合三笋的意思，题词说：“不弃家乡包物纸也。”就是用了他家乡寄来包东西的包皮纸画的。那年的年景很不好，地里歉收，他们家的日子就更是难过。家里人手不够，他留在家里，帮着做点事，读了不到一年的书就此停止了。为了解决肚子饿的问题，他到处去找吃的，田里有点芋头，母亲叫他去刨，刨回家，用牛粪煨着吃。他到晚年，每逢画着芋头，总会想起当年的情景，曾经题过一首诗：一丘香芋暮秋凉，当得贫家谷一仓，到老莫嫌风味薄，自煨牛粪火炉香。芋头刨完了，又去掘野菜吃。他后来常常对人说："穷人家的苦滋味，只有穷人自己明白，不是豪门贵族能知道的。"他到老口味都很清淡，喜欢吃蔬菜，并不多动荤腥，有句说："不妨菜肚斯生了，我与何曾同一饱。"

穷人的孩子早当家

1867年，齐白石的弟弟纯松出生，号效林。1870年，三弟纯藻又出生了。逢年景不好，又添人口，齐白石不得不停学在家帮忙。从1871年至1873年的三年时间里，小小年纪的齐白石，在家已能做好多事了，挑水、种菜、扫地、打杂、带两个弟弟玩耍还要上山砍柴。

齐白石帮家里干活，无论多忙多累，强烈的求知欲都使他忘不了学习。他牢记外公的话：读书是任何地方都能进行的，也是应做的。每天上山放牛、照顾二弟，齐白石都要带着书本。砍柴、拾粪的时候，他先把书本挂在牛角上，干完活之后便读书。不但温习学馆中已学过的几本书，还自己读《论语》，把不懂的地方、不认识的字记下来，积累一段时间就去请教外公。这样一点点积累，竟然把《论语》读完了。除读

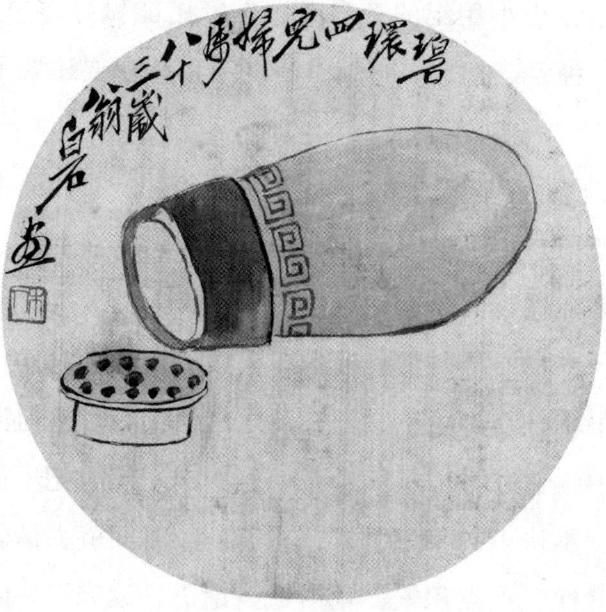

书外，齐白石还坚持每天写字画画。他暗下决心，要做一个王冕那样的画家。在这样的环境中，齐白石养成了勤奋刻苦的读书习惯，虽艰苦，却快乐充实。

齐白石12岁时，遭遇了人生中一喜一悲两件大事。1874年正月二十一日，祖父祖母和父母做主，给他成了亲。娶的是同乡陈姓的姑娘，名叫春君，比他大一岁。这位陈春君，过门是做“童养媳”的。那时，乡间流行一种风俗，因为家里人手少，很早就给孩子娶亲，为的是让她帮家里做点事。孩子还没有成年，把儿媳妇先接过门来，经过交拜天地、祖宗、家长等仪式，名目叫作“拜堂”，就算有了夫妇的名分。等到双方都长大成人了，再拣选一个“黄道吉日”成为正式夫妻，名目叫作“圆房”。在女孩子的娘家，通常也是因为人口多，吃喝穿着负担不起，又想到女大当嫁，早晚是婆家的人，穷苦人家的打算，也就很早让她过门。

陈春君是穷人家的女儿，从小习惯操作，能吃苦耐劳。嫁进门后，帮着婆婆洗衣、做饭、做针线，里里外外，样样都拿得起。齐家上上下下都很喜欢她，说她小小年纪就这样能干，算得是理家的一把好手。小齐白石也很喜欢她，听了长辈夸奖她的话，心里更是说不出的高兴。齐白石到了老年，想起童年时新婚情景，好像还有回味似的，很风趣地对人说：“那时疼媳妇是招人笑话的，心里虽是乐滋滋，嘴里非但不能说，连一点意思都不敢吐露出来，只不过两人眉目之间，有意无意地互相传传情而已。”

齐白石娶亲后，家里的气氛非常和谐，一家人其乐融融。不料，天有不测风云，就在1874年6月，祖父去世了。这对于刚刚12岁的齐白石来讲，犹如一个晴天霹雳，这是他人生遭遇到的第一件不幸的事。祖父去世后，家里的劳动力，除了父亲，就是齐白石了，作为长子，齐白石觉得自己长大了许多，他要帮助父亲挑起生活的重担。

1876年，齐白石的四弟出生了。这一年齐白石14

岁，便开始下田帮父亲耕种了。齐白石家种的是水田，插秧要整日泡在水里，弯着腰，一天下来，累得连饭都懒得吃。就是在这样艰苦的环境下，生活中一切美好的、有生命力的东西都对齐白石有无限的吸引力。他常常蹲在花草边，仔细观察花蕊、花瓣的形状，比较花与花之间不同的花瓣。他观察树的叶、枝、干的长势，连树叶的脉络纹理都了解得清清楚楚。

一天傍晚，干了一天活的齐白石坐在池塘边洗脚，突然觉得一阵钻心的疼痛。他急忙从水里拔出脚一看，原来是只草虾把他的脚趾钳出了血。这引起了齐白石对草虾的极大兴趣，通过对草虾的认真观察后，他画出了平生第一只虾，画得栩栩如生，从此一发而不可收。齐白石画的虾，闻名于世，始于此时。

在齐白石的眼中，一切事物都有自己的特点，画时不可废了规矩。比如玫瑰："它的刺多是向下长的，所以常常挂人的衣服。"又比如紫藤："南方的紫藤是花与叶齐放的，北方是先花后叶，另有风趣。"

后来成为大师的齐白石，其笔下产生的感人的小生命形象，朴素无华的山花野草的形象，很大成分是得益于童年对生活的强烈感受。在齐白石的笔下花、鸟、虫、鱼，特别是他画的墨虾、墨蟹等不是物象在纸笔间的再现，而是从艺术的角度，赋予它们欢乐的、欣欣向荣的性格，赋予它们无限的乡情、无限的生命力和神奇的魅力，令人感到亲切、兴奋、浮想联翩。

齐白石和这些来自家乡、来自童年的最熟悉的小生命结下了不解之缘。即使远居北京，他还把一些虾蟹养在玻璃缸中，细心揣摩，入微观察，所以画起来得心应手，挥笔而就。画的语言和诗的语言一样，无不借景抒情，借情寓意。着笔草虫，寄情乡土，不仅反映出画家一颗未泯的童心，也反映出画家浓郁的乡土气息。

学做木匠

齐白石13岁那年，为了祖父的丧事，原本贫穷的家里又欠了几笔债务，吃饭尚且困难，债又不能不还，家里的困窘可以想象得到。祖父去世之后，田里的活只有父亲独自承担，也显得劳累不堪，母亲常常是面带忧色地哀叹：“阿芝啊！我巴不得你们兄弟几个快快长大。等你们身长长到七尺，帮着你父亲干点活，一家人的嘴，才能糊得下去啊！”幼小的阿芝看着母亲的脸色，忧郁得很，心里也有说不出的难受。

第二年，他母亲生了四弟纯培，号叫云林。家里的粗细活儿，都由他尚未圆房的妻子陈春君帮着料理，倒也让他母亲放心不少。齐白石从小身体就弱，三四岁前常常有病，祖父在世时，平时只叫他砍柴、放牛、捡粪，做些不很劳累的事情，在家也不过是打打杂，田里的活，他虽然一直想做做，可是祖父从来没同意过。现在祖父去世了，家里人手不够，他就开始跟着父亲下田了。可他实在不擅长干农活，父亲教他扶犁，学了几天，顾了犁，却顾不了牛；顾得了牛，又顾不了犁，常常是弄得满头大汗，牛和犁还是顾不到一块儿。父亲看他下田干活，费了很大的劲，活儿也没有干好，怕他勉强地干下去，身体经受不起，就同他祖母和母亲商量，想叫他从师去学一门手艺，将来好能养家糊口。

齐白石有一个本家叔祖，名叫齐仙佑，是个大器

齐白石故居

作木匠，乡里人都称他“齐满木匠”。大器作木匠是做粗活的，又称“粗木作”，能做点家用的床椅桌凳和田里用的犁耙水车之类，而盖房子立木架，却是唯一的本行。他祖母是齐满木匠的堂嫂，年初齐满木匠来向他祖母拜年时，他父亲就顺便提起此事，齐满木匠倒也不推辞，一口答应下来。隔了几天，按照木匠的行规，拣了个好日子，父亲领着他到齐满木匠那里，去行拜师礼，吃了进师酒，他就算齐满木匠的正式徒弟了。

齐白石心灵手巧，跟着师傅学手艺，很快就看出了门道，心里有数，手里也就有了谱，桌椅的腿，居然能做得大小合适，长短一致了。可是他体力比较差，逢到人家盖房子，他和师傅去给人家立木架，师傅叫他扛一根大檩子，他非但扛不动，连扶都扶不起来。齐满木匠生气了，说他连檩子都抬不起来，还能做什么！房子还没完工，就把他送回了家，他父亲像被泼了盆冷水似的，失望极了。当时乡亲们都知道他给师傅送回来了，都说：“阿芝哪能学得成手艺！”他听了很受刺激，发愤立志苦练手艺。

不到一个月，齐白石的父亲又托了人情，找到一位大器作木匠，领他去磕头拜师。这位木匠也是他家的远房亲戚，名叫齐长龄，脾气也比较温和，很能体

恤徒弟，知道他力气不够，对他说：“别着急，好好地练吧！无论什么本领，都是朝练晚练，练出来的。只要肯下苦功，常常练练，力气都是练得出来的。”齐白石听了师傅的话，信心大增，不断地练着，过了段日子，动起斧子来，不觉得费劲了。一根中长的檩子，也能扛起来了，走起路来也不觉得费劲。齐长龄不说他不中用，反而说他肯听话，为了照顾他的身体，不叫他干太累的活。

那年秋天，师傅带着齐白石去给人家做家具，完工后，二人一起回来，就在田坔上遇到三个人，背的也是木匠家伙。他想：这一定是同行了，也并不在意。

不想，师傅却毕恭毕敬的，直等那三个人走远，才拉着他往前走。他不懂问怎么回事，师傅拉长了脸，语气很沉重地说：“我们是大器作，做的是粗活；他们是小器作，做的是细活。他们能做精致小巧的东西，还会雕刻花活，这种雕花手艺不是聪明人是学不来的，我们怎敢不知自量，和他们并起并坐呢?”齐长龄认为是天经地义的道理，很严肃地和他说，齐白石嘴里虽然没说什么，心里却在盘算：“小器作跟大器作都是木匠，有什么高低可分！虽说雕花这手艺比较细致，学起来难一些，但是人家会的，自己怎么就学不会呢?”从那天起，他就决心做雕花木匠了。

做雕花木匠奠定了学画的基础

1878年，齐白石16岁了，年纪大了一些，自己对人生的许多事能够想得更明白了，就把愿意去学小器作的意思，和家里说了。他祖母首先表示同意，父亲母亲也都说很好。不久，他父亲打听到离他们家不太远的周家洞，有个名叫周之美的雕花木匠，要领个徒弟，就赶紧托人去说，可喜成功了。齐白石辞别了齐长龄，到周之美那里去拜师学艺。周之美的雕花手艺，在白石铺一带是很出名的，用平刀法雕刻人物更是当

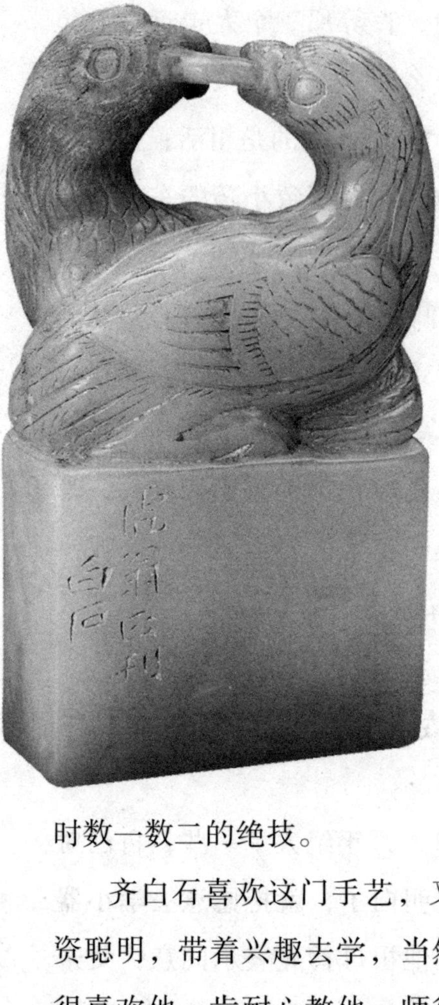

时数一数二的绝技。

齐白石喜欢这门手艺，又佩服师傅的本领，他天资聪明，带着兴趣去学，当然学得又快又好，师傅也很喜欢他，肯耐心教他，师徒二人可谓十分投缘。当时，周之美已经38岁，膝下还没有一男半女，收了他这个徒弟，就当作亲生儿子看待，常说："我这个徒弟，学成了手艺，一定是我们这一行的能手。我干了一辈子，将来面子上沾着些光彩，就靠在我的徒弟身上啦!”

1881年，齐白石19岁，学徒期满，家里挑了一个好日子，请了几桌客，把出师和“圆房”合在一起庆贺。出师和成亲，意味着齐白石走进了人生的一个新阶段。

刚出师的齐白石，仍然跟着师傅一起做活。有钱人家办喜事，雕花家具总是少不了的。师徒俩手艺好，齐白石也渐渐有了些名气，人们见了他，都叫“芝木匠”。他们师徒俩常去的地方，主顾越拉越多，有时师傅忙不过来，就由他一人去了，生意倒是源源不绝。雕花得来的工资，全数交给母亲，贴补家用。但他家人口多，这点工资只能小补，家里还是经常闹饥荒。于是又利用闲暇，用牛角等材料雕刻一些既实用又好看的烟盒之类的小东西，托杂货铺代卖，以解柴米之困。《白石老人自传》谈到这段雕刻生涯时说：

“那时雕花匠所雕的花样，差不多都是千篇一律。祖师传下来的一种花篮形式，更是陈陈相因。雕的人物，也无非是些麒麟送子、状元及第等一类东西。我认为这些老一辈的玩意儿，雕来雕去，雕个没完，终究人要看得腻烦的。我就想法换个样子，在花篮上面，加些葡萄石榴桃梅李杏等果子，或牡丹芍药梅兰竹菊等花木。人物从绣像小说的插图里勾摹出来，都是些

历史故事……我还用脑子里所想到的，造出许多新的花样，雕成之后，果然人都夸奖说好。我高兴极了，益发地大胆创造起来。”

20岁这年，齐白石偶然在一个主顾家里，见到一部乾隆年间彩色套印的《芥子园画谱》。《芥子园画谱》，又称《画传》，诞生于清代。清代著名文学家李渔，曾在南京营造别墅“芥子园”，并支持其婿沈心友及王氏三兄弟（王概、王蓍、王臬），编绘画谱，故成书出版之时，即以此园名之。此画谱堪称中国的教科书。

齐白石仔细翻阅之后，发现自己以前画的东西，多不合章法，都有点小毛病，故如获至宝，遂借来用勾影雷公像的方法，画了半年之久，勾影了16本之多。从此，他以这个画谱为根据来做雕花木活，既能花样出新，画法又合规则，没有以前搭配不好的毛病了。渐渐地，他在雕花之余，也作起画来，主要是古装人物和神像，如八仙、美人、戏曲故事以及玉皇、老君、财神、火神、龙王、阎王等。这些画在乡间很受欢迎，画成一幅，可以得到一千来个钱。如今，他画的神像功能已难寻觅，但还能在他画的古装仕女人物中看到芥子园的影子。

齐白石21岁那年，妻子陈春君生了个女孩，这是他的长女，取名菊如。他从22岁到26岁这5年之间，仍以雕花活为生，有时忙里偷闲，做些烟盒等小件东西，找几个零用钱。乡里人知道他会画，常有人拿着纸，到他家去请他画。在雕花的主顾家里，做完了活，也有留着他画画的。请他画画，并不叫他白画，多少有点报酬，送钱、送礼物都有。他画画的名声，跟雕花的名声，同样地在白石铺一带传开了——芝木匠会画，芝木匠画得很不错，在乡里出了名。

1888年，齐白石26岁，经公甫和其叔齐铁珊介绍，拜在湘潭著名画师萧乡陔门下。萧乡陔名傅鑫，湘潭朱铟人，是个纸扎匠出身，自己发愤用功，四书五经读得烂熟，也会作诗，画像是湘潭第一名手，又会画山水人物，是个多才多艺的人。萧乡陔很器重他，不仅把自己的拿手本领传授给他，还请另一画像名手文少可指点他。当时在各地流行的肖像画法有两种，一种是传统的勾勒填色法，一种是融合了西方素描的擦炭法或水彩法。从留存的齐白石早年画像作品可知，他学了擦炭法，也学了传统工笔画法。自从认识了萧、文二位，齐白石的画像就算摸得着门径了。

二十七岁始学画

那是1888年，24岁的齐白石还是个雕花木匠，叫齐纯芝，人称芝木匠。附近有个会琴棋书画、诗词歌赋又喜结交朋友的秀才胡沁园先生，从芝木匠的一举一动中看到了他天赋才气过人，且有刚直不阿的品格，认为他是个非凡之人，若有名师栽培，定会前途无量。于是，胡沁园决定将他收为门生。胡沁园问："你愿不愿意读读书、学学画？"芝木匠答："愿意倒是愿意，只是家里穷，年岁又大了，怕学无所成。"胡沁园说："怕什么！《三字经》里面的'苏老泉，二十七，始发愤，读书籍'，你正当此年龄，只要有志气，什么都学

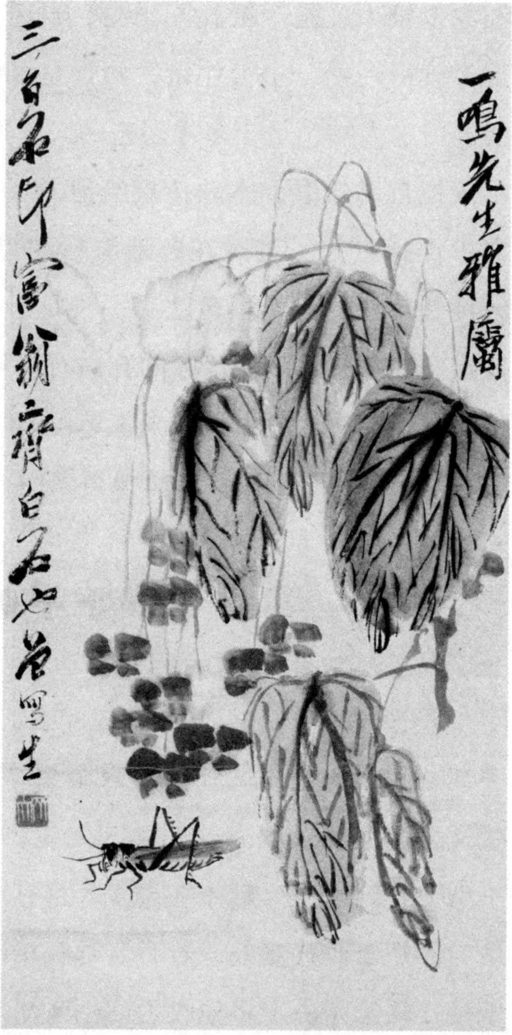

得好，我有意收你为徒，你可以在我家一面读书，一面卖画养家。”芝木匠听了，激动万分，立即向胡沁园深深地三鞠躬，九叩首，行了大礼。

从此，纯芝在胡家住下，“烧松烟以夜读，步落月而晨吟。”潜心钻研诗词书画。胡沁园是书香门第，教育子侄外甥和家人不得对纯芝有任何怠慢、冷落的表现，并准备了15担谷、300两银子，找几个力夫送到他家，以解除其后顾之忧。

胡沁园为便于纯芝将来作画题诗，给他取了几个

名字。胡沁园对为纯芝授课的陈少蕃先生说："按照老习惯，在授课前需要给纯芝取个名、取个号，是不是取个璜字，斜玉旁的璜。"陈少蕃说："好，有意思，半璧形的玉。取个什么号呢？""你看，濒生如何？""不错，湘江之滨生，湘江之滨长。"胡沁园说："画画恐怕还要取个别号。纯芝的家离白石铺近，就叫白石山人吧！”从此，“齐白石”这个名字，伴随着他辉煌的艺术生涯，传遍了祖国大江南北，传遍了五洲四海。

齐白石自称在诗书画印中其“诗第一”。齐白石很爱诗，作画从学诗开始，从学诗中努力提高自己的文化素养，培养自己的想象力和创造力。齐白石开始攻读唐诗，不到半年就把《唐诗三百首》基本读完。一次，胡沁园询问他学唐诗的情况，他对答如流，把唐诗背得滚瓜烂熟。又过了两个月，他读了《孟子》《春秋》，然后攻读唐宋八大家的作品，硬是把一部164卷的《唐宋八大家文钞》攻下来了。齐白石在胡家日夜吟诗作画，进步神速。

一年一度的诗会到了，诗友们欢聚一堂，吟诗作赋，大家在吟诵自己的得意之作。胡沁园来到齐白石身边悄悄地说：“你也吟诵一首吧！”齐白石走上前去，深深地向大家行了鞠躬礼，然后吟诵自己的第一首诗：“盛名之下岂无惭，国色天香细品香。莫羡牡丹称富贵，却输梨橘有余甘。”真是不鸣则已，一鸣惊人，诗友们报以热烈掌声。胡沁园说：“盛况难再，是不是还要濒生画幅画，助助兴。”齐白石答：“试试吧。”十来分钟后，一枝傲霜斗雪的腊梅出现在宣纸上。这是齐白石拜师后的第一幅画，表现得是那么有诗情、有画意，又获得一阵阵掌声。有人提议胡沁园题上款以作留念。胡先生挥笔写下七言诗：“借池相聚难逢时，丹青挥洒抒胸臆。寄意腊梅传春讯，定叫画苑古今奇。”落款是“濒生作画，沁园题诗并书”。

齐白石全家7口，四代同堂，全靠他维持家庭生活。每当想到贫寒的家境，总是彻夜难眠。胡沁园看透了他的心事，说：“把画学好了，还怕没饭吃？常言道：书中自有黄金屋。你有了这支笔，什么都可以改变。”齐白石决心按照恩师的指点，走卖画养家之路。首先，在胡沁园的引荐下，齐白石为胡的姐夫、一位70多岁的长者云山居士画像。傍晚时分，一张高3尺多、宽2尺多的巨幅画像完工了，大家称赞他画得传神。此后，请齐白石画像的越来越多了。每画一张像，人家就送他一二两银子。齐白石走上了卖画养家之路，家庭生活有了转机。

一次，齐白石精心画了两幅画：一幅是《耕牛图》，意思是像牛一样老老实实耕读在砚池里；一幅是《兰竹园》，兰气飘溢，意思是虚心学习永不骄傲。他将这两幅画挂在室内，又写了一个条幅，上面写着“甑屋”两个大字。意思是说可以吃得饱了，不像以前那样锅里总是空空的了，心里也踏实了。齐白石61岁定居北京后，为了永远不忘这段艰辛学画生涯，他又在自己的住处布置了一间屋，取名“甑屋”，在匾额上写着：“余未成年时喜写字，祖母尝太息曰：‘汝好学，惜来时走错了人家。俗语云：三日风，四日雨，哪见文章锅里煮！明朝无米，吾儿奈何！’后二十年，余尝得写真润金买柴米，祖母又曰：‘哪知今日锅里煮吾儿之画也。’匆匆余六十一矣，犹卖画于京华，画屋悬画于四壁，因名其屋为甑，其画作为熟饭以活余年，痛祖母不能同餐也。”这是齐白石卖画养家的真实写照。

1895年，31岁的齐白石被诗友们推选为龙山诗社社长，向他求画的也越来越多。一天，齐白石正在裱画以便送人，开始上浆时，胡沁园来了，他看到那幅

画很满意，觉得题词落款也好，但总感到这幅画中还缺点什么，就问：“濒生，你怎么不落印呢？不要以为只要把画画好就是好作品，印在每幅画中能起关键作用，中国画是以诗书画印为一体的姐妹艺术，印在艺术中也是一个门类，学问深着呢！”后来，胡沁园送给齐白石几方寿山石，要他去陈家垅找长沙来的那位刻印的名家丁可钧刻方印自备。

齐白石把寿山石送去时，丁可钧爱理不理，齐白石把石头放在刻桌上就走了。第二天他去接章，连叫三声“丁师傅”也不见答话，齐白石气了，大声叫了一下，丁可钧才回过头，把那方寿山石往齐白石身上一扔，说：“拿回去磨平再来。”齐白石为这方石磨磨送送已是5次了，他再也忍不住，一气之下把石章拿了回去。晚上，他用修脚刀自刻一方印，叫“死不休”闲印章。

1914年5月22日，被齐白石称为“半为知己半为师”的胡沁园不幸逝世。噩耗传来，齐白石失声恸哭。他参照旧稿，画了20多幅为恩师生前赏识过的画，并亲手裱好，拿到胡沁园灵前焚化，还做了14首七绝、1篇祭文和1副挽联，表达对恩师的深切哀悼。挽联写道：“诱我费尽殷勤，衣钵信真传，三绝不愁知己少；负公尤为期望，功名应无分，一生

长笑折腰卑。”这既是对恩师的悼念，也是自我勉励。

而立之年业初成

1894年，齐白石32岁，这年妻子又为他生了第二个儿子，取名良黼，号子仁。他自从在胡沁园家读书习画以来，认识的人渐渐多了起来。他和几个志趣相投的朋友组织了一个诗会，随时集合在一起，主要是谈论诗文，兼及字画篆刻，有时也谈音乐歌唱，话题非常广泛，只是没有一定的日期，也没有一定的规程。到了夏天，经过大家的讨论，正式组成了一个诗社。

就在五龙山的大佛寺内借了几间房子，作为诗社的社址。因为寺在五龙山，所以取名叫“龙山诗社”。诗社的主干，共有7人，即齐白石、王仲言、罗真吾、罗醒吾、陈茯根、谭子荃、胡立三等人，人称“龙山七子”。陈茯根名节，板桥人；谭子荃是罗真吾的内兄；胡立三是胡沁园的侄子，都是齐白石常见面的朋友。他在7人中，年龄最长，大家推举他做社长。这几个人都是读书人家的子弟，书都比他读得多，叫他去当头，他坚决不干，连说：“这怎么敢当呢？”王仲言说：“濒生，你太固执了！我们是叙凿，7人中，年

曾经灞桥风雪

患难见交情

鲁班门下

纪是你最大，你不当，是谁当了好呢？我们都是熟人，社长不过应个名而已，你还客气什么！”大伙儿你一言，我一语的，附和了王仲言的话，说他无此必要客气。齐白石推辞不得，也就只好答应了。事后他刻过一方“龙山社长”的石章，作为纪念。

1899年正月，37岁的齐白石由张仲飏介绍，拿了自己的诗文字画和刻的印章去见王湘绮，请求评阅。王湘绮看了他的诗文，没有什么表示，却对他的画和篆刻赞不绝口，说：“又是一个寄禅黄先生哪！”寄禅是湘潭一个有名的和尚，俗家姓黄，原名读山，是宋朝文学家黄山谷的后裔，出家后法号寄禅。那时王湘绮的名声很大，趋势好名的人都想列入门墙，递上个

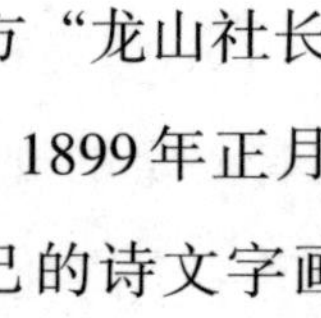
业荒于戏

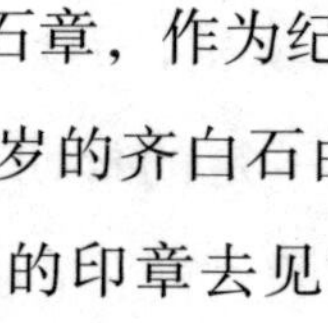
木人

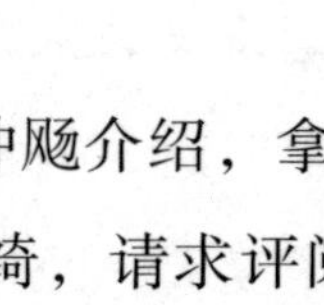
大匠之门

门生帖子，就算是王门弟子，然后到人前卖弄很有光彩。

张仲飏屡次劝齐白石去拜门，他却迟迟没有答应。王湘绮看他高傲不像高傲，趋附又不像趋附，很是奇怪，曾对旁人说："名人有名人的脾气，我门下有铜匠衡阳人曾招吉，铁匠同县乌石寨人张仲飏，只有同县一个木匠，也是非常好学，却始终不肯做我的门生。"这话传到张仲飏耳中，告诉齐白石说："王老师这样看重你，还不去拜门？人家求都求不到，难道你是招也招不来吗？"他知道王湘绮真的很器重他，便不再固执。于10月18日，由张仲飏陪同，到王湘绮那里正式拜门。

1902年，刚有了第三个儿子的齐白石在朋友夏午诒的邀请下，第一次走出湖南，远游西安，教夏午诒的如夫人姚无双学画，先给他寄来了束脩和旅费。同在西安的郭葆生怕他不肯远行，寄了一封长信来，劝他"关中夙号天险，山川雄奇。收之笔底，定多杰作。兄仰事俯畜，固知惮于旅寄，然为画境进益起见，西安之行，殊不可少"。

在此之前，齐白石未曾出过远门，来来往往都在湘潭附近各地，偶或才到长沙省城。而且每到一地，也不过稍做勾留，少则十天半月，多则三五个月，得

庚寅九十歲白石

九十三歲白石老人

到一点润笔的钱，就拿回家去奉养父母，抚育妻儿。这次接到夏午诒、郭葆生两人的先后来信后，不禁怦然心动，便和家人商量好了，于十月上旬动身北上，十二月中到西安。一路上虽然旅途辛苦，却画了不少写生。快到西安时做了《灞桥风雪图》，并题曰：“蹇驴背上长安道，雪冷风寒过灞桥。”

夏午诒的如夫人姚无双，跟齐白石学画，进步得很快。他觉得门下有这样一位聪明的女弟子很是高兴，自己刻了一方“无双后游”的石章。他在夏午诒家教画余闲，常同几位老友，游览西安附近名胜，碑林、大雁塔、华清池等古迹都游遍了。夏午诒介绍齐白石认识了当时南北闻名的大诗人樊增祥。樊增祥，字嘉父，名增祥，号云门，又号樊山，湖北恩施人，是当时的名士。樊山很欣赏他的艺术才能，为他订了一张刻印的润例，还说进京时，要推荐他进宫当内廷供奉。

在西安的许多同乡，见到臬台这样抬举齐白石，认为是进取的大好机会，都来向他道喜，他觉得非常可笑。张仲飏对他说：“机会不可错过。”劝他直接去走臬台门路，不难弄到一个很好的差事。齐白石说：“我没有别的打算，只想卖画刻印……积蓄得三二千银子，带回家去，够我一生吃喝，也就心满意足了。”齐白石在画幅上题了几首诗，表明自己是不肯依附于人

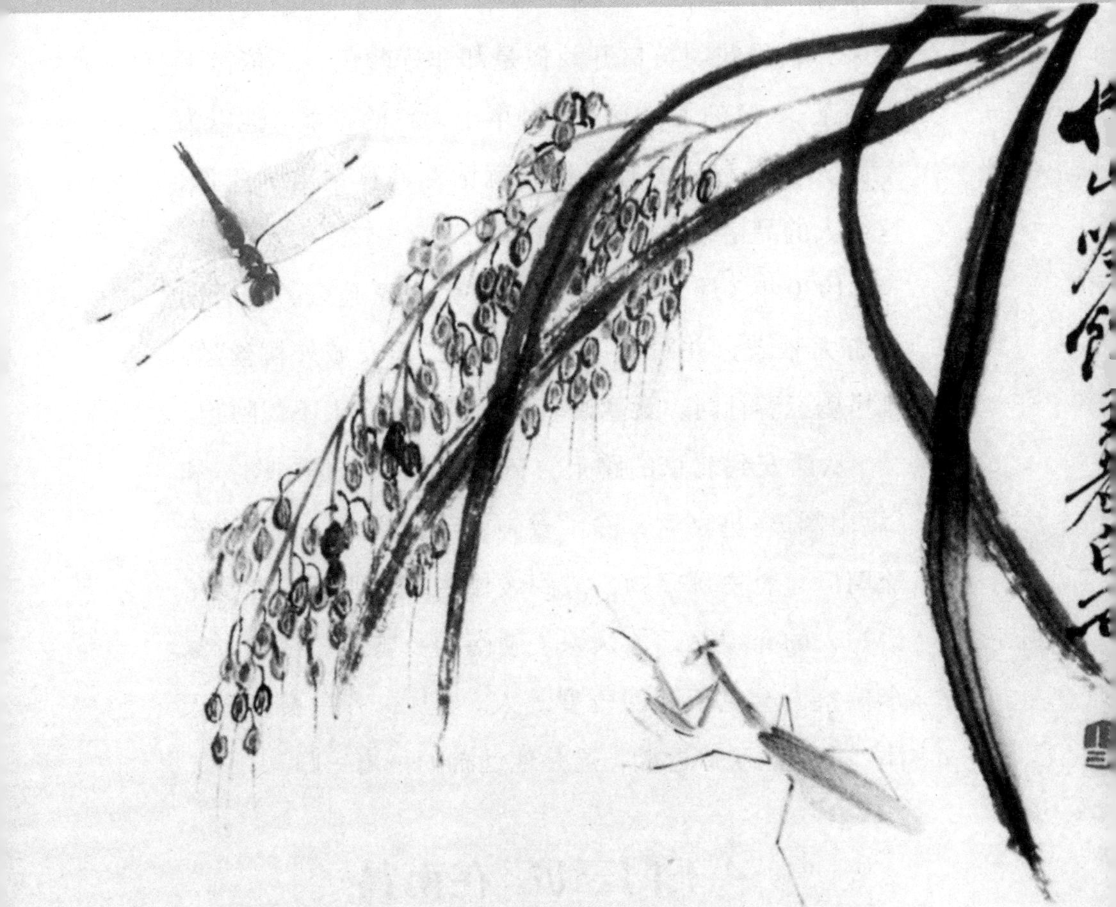

的。他题《藤花》云："柔藤不借撑持力，卧地开花落不惊。"又题《卧地秋花》句云："花肥茎瘦腰无力，不借撑持卧地开。"又题《钵菊》诗云："挥毫移向钵中来，料得花魂笑口开。似是却非好颜色，不依篱下即蓬莱。"又刻了一方《独耻事干谒》的石章。他以为一个人要是利欲熏心，见缝就钻，就算钻出了名堂，这个人的品格，也就可想而知了。

1930年3月，齐白石随夏午诒一家赴京，临行前再游大雁塔，并写了一首诗抒怀：长安城外柳丝丝，雁塔曾经春社时。无意姓名题上塔，至今人不识阿芝。

从西安到北京的路上，齐白石画了《华山图》和《嵩山图》。进京后，除了教画、刻印之外，他常去逛琉璃厂，看古玩字画，或到大栅栏一带听戏。在夏午诒等人的介绍下，他认识了湖南同乡曾熙、江西画家李瑞筌，会见了同门杨度等人。5月，齐白石绕道天津、上海、汉口返湘，这是他远游的一出一归。

"王门三匠"在南昌

齐白石经张仲飏介绍认识了当代名士王湘绮，王湘绮因他有志向学，天赋又高，对他刮目相看。公元1904年的春天，42岁的齐白石和张仲飏应王湘绮之邀往游南昌。从汉口坐江轮东行，路经小姑山，在船中画了一幅小姑山的侧面图。在九江登岸，先去游了庐山，又画了几幅庐山的风景。到了南昌，他同张仲飏就住在王湘绮的寓所。南昌的名胜，城内有百花洲，城外有滕王阁，离得都不太远，他们常去游览。王湘绮另有一个门生衡阳人曾招吉，原是铜匠出身，此刻也在南昌，常到王湘绮寓中求教，彼此都是同门，一见如故。王湘绮门下，有铜匠出身的曾招吉、铁匠出身的张仲飏、木匠出身的齐白石，人称“王门三匠”。

王湘绮名声大，慕名拜访的社会名流和达官贵人很多，张、曾喜与周旋，齐白石则避在一边。对此，王湘绮颇能理解，他这年写的“白石草衣金石刻书序”就描述道：白石草衣，起于造士，画品名德，俱入名域，尤精刀笔，非知交不妄应。朋座密谈时，生客至，辄逡巡避去，有高世之志，而恂恂如不能言。

齐白石认为老师这段话写得很真实，他原是不多说话的，尝有句道：“客至终朝缄口坐，不关吾好总休论。”又有《题古树归鸦图》云：八哥解语偏饶舌，鹦鹉能言有是非。省却人间烦恼事，斜阳古树看鸦归。这首诗也是齐白石对自己性格的一种注解吧。

到了中秋节，齐白石从南昌回到家乡，这是他五出五归中的二出二归。回家以后，想起七夕在南昌，

名園第一
齊白石畫于辛巳

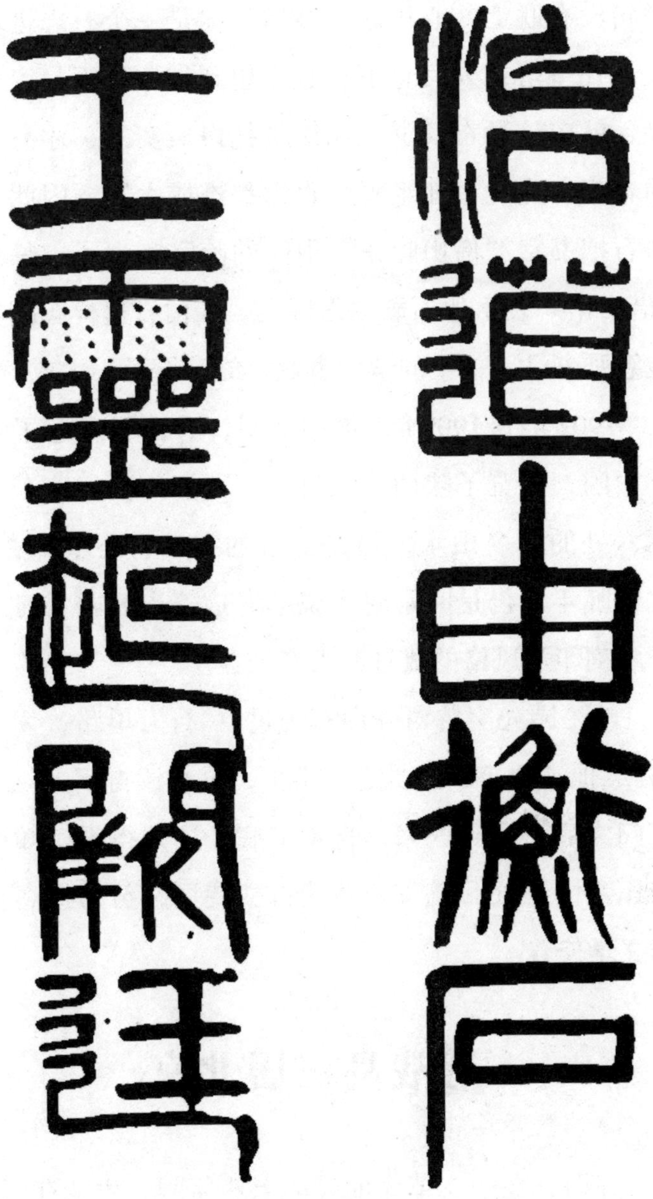

联句没有联上，心里总觉惭愧。他是一个有志进取的人，凡事落在人后总不甘心。想到作诗既不是容易的事，就应该勤奋读书，把根基扎得实实的，才有做好的希望，光凭一知半解，永远都难成大器。因此，齐白石把书室“借山吟馆”中间的吟字删去了，只名为“借山馆”表示他不敢称作诗人。齐白石这样脚踏实地地勉励自己，一生的学问事业，终于有了很大成就。

1902年到1909年，8年之间，齐白石走遍了大半个中国，游览了陕西、北京、江西、广西、广东、江苏六处的著名山水，沿路经过的省份，还不算在内。他到晚年，仍是时常对人说起，这五出五归，对于他作画刻印章风格的改进，大有助益。

胡沁园先生曾对齐白石说过：“行万里路，读万卷书。”他这几年，路虽走了不少，书却读得不多。五出五归之后，回到家来，自觉书底子还差得很，知道作诗作文的难处，就下苦功读古文诗词，努力提高自己的文学修养。

避战乱定居北京

齐白石在辛亥革命前后的七八年间，生活在家乡，过着半农民半文人的生活，原有终老之意。不料革命并没彻底成功，政治仍是一片污浊，军阀连年混乱。大约在1916年，他在乡间安居的平静生活被打破了，“官逼税捐，匪带钱谷，稍有违拒，巨祸立至。”1917年春夏之交，又发生了兵乱，城乡有钱人纷纷外逃。

在进退两难之际，樊樊山来信劝齐白石避居北京，卖画自给，他携着简单行李，抱着一试的心情，于5月中旬第二次来到北京。不料进京不到10天，便遇上张勋辫子军复辟之变，他随郭葆生一家躲到天津租界避难。6月返北京，先住郭葆生家，后移居宣武门外法源寺，与同乡杨潜庵同住。

齐白石在琉璃厂南纸店，挂起了卖画刻印润格，但无人知道他的名声，他模仿八大山人简笔画法的作

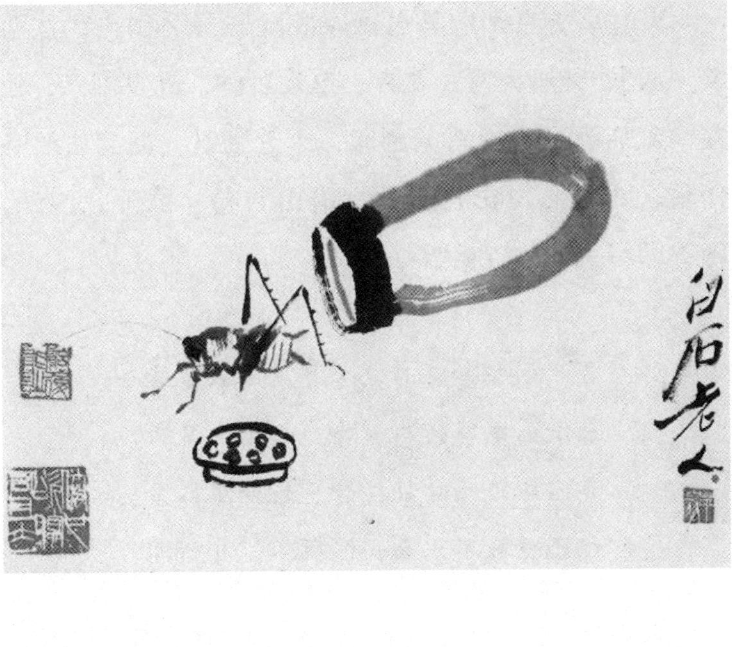

品也与流行的风格相左，生意很是清淡，终日在法源寺里闲着无聊，他写了三首《杂感》诗：

大叶粗枝亦写生，老年一笔费经营。
人谁替我担竿卖，高卧京师听雨声。

禅榻谈经佛火昏，客中无物不消魂。
法源寺里钟声断，落叶如山画掩门。

八月京华霜雪天，稻禾千顷不归田。
人言中将人中鹤，苦立鸡群我欲怜。

当时享誉京师的著名画家陈师曾（名衡恪，江西义宁人），能画大写意花卉，笔致矫健，气魄雄伟，他在南纸店看到齐白石的刻印，十分赞赏，便到法源寺访他。齐白石拿出自己的《借山图卷》请师曾鉴评，师曾即写了一首诗相赠：

昔于刻印知齐君，今复见画如篆文。
束纸丛蚕写行脚，脚底山川生乱云。
齐君印工而画拙，皆有妙处难区分。
但恐世人不识画，能所不能非所闻。

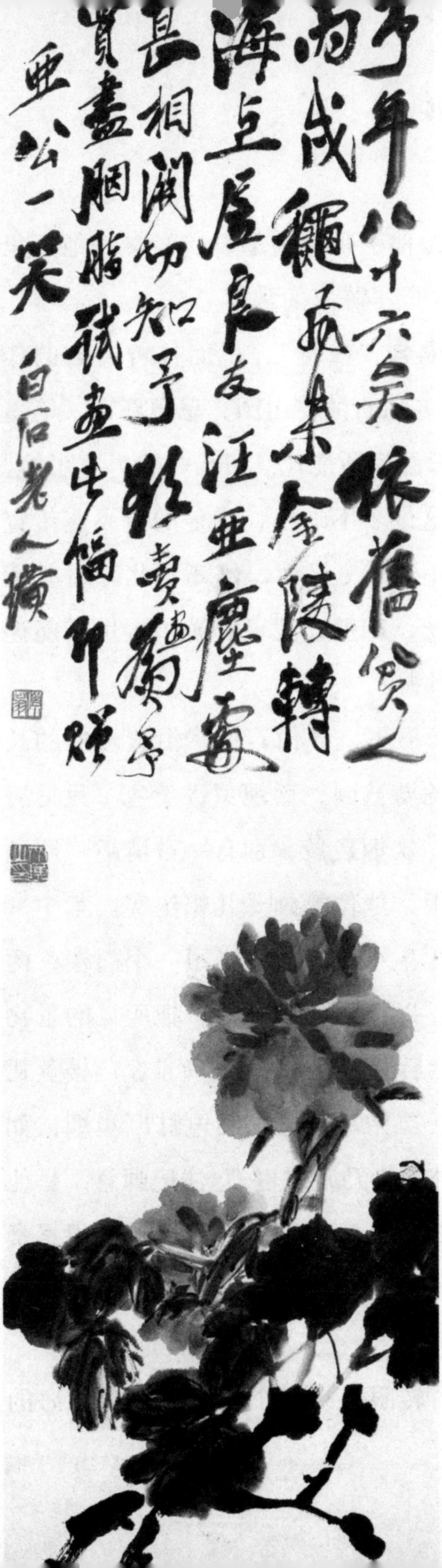

正如论书喜姿
媚，无怪退之讥
右军。
画吾自画自合
古，何必低首求
同群。

师曾肯定齐白石不同流俗的绘画风格，支持他走自己的路，不取媚于世人。而这，不也正是白石一生所孜孜不倦地追求的画风吗！这样一位名震京华的画师了解他、敬重他、鼓励他，使他十分激动。他紧紧地握着师曾的手，一句话也说不出来。这以后，他引师曾为挚友，经常去他家里玩，一起谈诗论画，成了陈家的常客。

陈师曾的书室取名“槐堂”，里面挂着白石的作品。他逢人便说：“齐白石的借山图，思想新奇，笔墨志趣高雅，不是一般画家所能比。可惜一般人不了解，我们应该特别帮助这位乡下老乡，为他的绘画宣传宣传。”这些都让齐白石深受感动，他离开北京时有诗云：槐堂六月爽如秋，四壁嘉陵可卧游。尘世几能逢此地，出京焉得不回头。

八月中旬的一天下午，齐白石信步沿着弯曲的长街，独自走到城南的游艺园，远观黄昏景色。只见霞光满天，千家万户，炊烟袅袅，别有一番情趣。回到住室后，顾不上吃饭，他信笔画了几幅纪实。其中一幅《北京城南远望写生小稿》上，画了一个门楼，两道浓烟。寥寥几笔，以极概括的笔法，把所见的景物概括地表现出来。然后题记说：“远观晚景，门楼黄瓦红墙乃前清故物也。二浓墨画之烟乃电灯厂炭烟，如浓云斜腾而出，烟外横染乃晚霞也。”注记画意，是他长期养成的习惯，是他观察生活的忠实记录，积累素材的一个办法。从这里，也可以看出白石对于绘画艺术倾注了何等的心血！

时间过得真快，转眼来京两个月了。听说北海的

荷塘，莲花怒放，千姿百态，游人如梭。齐白石一大早就乘了车，赶到了那里，放下画具，观赏了半天，选择一处好的角度，精心地画了起来。齐白石画荷花，50岁才起步。试笔的第一幅作品是《荷花翠鸟》。他不满意，嫌花、叶拘滞，梗茎呆板，没有多少的情趣。

但毕竟是起步，他也高兴地题了跋：“懊道人画荷过于草率，八大山人亦画此过于太真。余能得其中否？尚未自信……”5年后，面对荷塘，齐白石已能挥洒自如地写生了。

樊樊山对于齐白石的诗评价很高。他知道白石学诗同学画一样，走过了一段艰辛的道路。他最喜欢唐宋诗词名家的作品，尤其是杜甫、苏轼、陆游和辛弃疾的作品读得最多。五出五归后，他无限感慨地说：“身行半天下，虽诗境扩，益知作诗之难。多行路，还须多读书。故造借山吟馆于南狱山下，熟读唐宋诗，不能一刻去手，如渴不能离饮，饥不能离食。然心虽有得，胸横古人，得诗尤难。”齐白石把自己写的诗拿给樊樊山评阅，樊山劝他出集，并写了一篇序文。序中说：“濒生书画，皆力追冬心。今读其诗，远在花之寺僧之上，真寺门嫡派也。”10年后，《借山吟馆诗草》印行时，便以樊山序文为序。

这一年的10月，齐白石回到家，茹家冲寄萍堂已被抢劫一空。他刻了一方印“丁巳劫灰之余”，盖在劫余的书画上。他写诗说：“衰老始知多事苦，乱离翻抱有家忧。相怜只有芙蓉在，冷雨残花照小楼。”自经此次兵灾，百业萧条，他的卖画生涯大受影响，他《题画藤》的诗说：“湘上滔滔好水田，劫余不值一文钱。

更谁来买山翁画，百尺藤花锁午烟。”那年他的家乡，遭受兵灾是很惨的。

北京回来后，他原打算筑室山林，潜心作画，平静地度过晚年，不与尘世来往。谁知道这里没有他容身之地。他后悔自己不该回来。但是，这里毕竟是生他养他的故土。父亲已经81岁高龄了，母亲也已75岁，还有妻儿家小。这许许多多骨肉至亲，怎不使他踌躇再三？父亲、母亲看到这里的情况，同他商量了好几次，希望他到北京去。春君也一再催促他速下决心。经过数次反复的商量，他决意离开他无限眷恋的家乡，离开他多年苦心经营的寄萍堂。他在给朋友的诗中有这样两句“借山亦好时多难，欲乞燕台葬画师”，表示了他打算定居北京的想法。

1919年3月初，齐白石乘乱事稍定的机会，悄悄地离开家乡。他曾经多次劝妻子春君携着儿女同他一道到北京。但是，春君舍不得撇下家乡的父老与部分产业，情愿养育儿女，留在家里。

到北京后，齐白石仍然住在法源寺。安顿好了的第三天，他依然在南纸店挂起了润格，卖画刻印。日间朋友们来探望他，或是打听湘中战事，或是谈诗论画。到了夜晚，更深人静，他常常通宵达旦，难以入眠。只要一闭上眼，父母、妻儿的音容笑貌，就会浮现在眼前。幕幕情景，交织在眼前，齐白石披衣挑灯，宁思了片刻，取出诗笺，写下：春园初暖闻蜂衙，天半垂藤散紫霞。雷电不行笳鼓震，好花时节上京华。

在思亲、想家中，齐白石度过了郁闷的夏天。中秋那一天，郭葆生接他去小住了三天。在那小小的、洁净的庭院里，郭葆生约了几个朋友，在树荫下摆上

小儿，放着瓜子、糖果、茶水之类，赏月闲聊。

他们都了解白石的心境。闭口不谈有关中秋或是望月思乡之类的诗、词，以免白石触景生情，感伤怀念。但是，今晚千家万户笑声盈盈，欢度佳节，白石的心哪能不思念数千里外的亲人呢！他想起了苏轼那千古流传的名句："月有阴晴圆缺，人有悲欢离合，此事古难全。但愿人长久，千里共婵娟。”他的思绪伴随着飘动的、轻纱般的浮云，飞到了湘江，飞到了那充满奇异色彩的寄萍堂。春君和孩子们也在赏月吗？父亲、母亲他们呢？他不知在座的朋友谈论了什么。他只静静仰首，凝视着明月、白云，什么也不说。那晚，他喝的酒特别多。要不是几位朋友夺了他的杯子，他还要喝。

齐白石不知道自己怎样回到了寺中。反正他执意要回来，谁也留不住。朦胧中好像被几个朋友送了回来。可能是酒精的麻醉作用，这一夜是他近半年来睡得最好的一夜。要不是和尚送信来，他可能要睡到中午。

信是春君来的。他一听说，一跃而起。那工整的笔画，实在太熟悉了。在过去的三十多年岁月里，他闲时教春君识几个字。春君聪颖，好学，几年下来，竟然能写信了。字写得虽不太好，但秀丽、工整，一丝不苟。她告诉白石，给他聘定了一位配室，几天之内，她将携她一同来京，要白石预备下住处，准备成亲。

春君一片诚意，白石非常感动，忙着托人找房子，后来就在陶然亭附近的龙泉寺隔壁，租下了几间房子。朋友们知道白石要办喜事，帮助筹划，不多时间，桌

偶仿徐青藤人多不识
白石

椅板凳，锅盆碗筷，一一准备停当。一天下午，陈春君带着一位年轻女子赶到北京了。

女子叫胡宝珠，原籍四川丰都人，生于清光绪二十八年壬寅八月十五中秋节。当时才18岁。她父亲名以茂，是篾匠。胡宝珠在湘潭一亲属家当婢女，出落得十分标致。白石一见，满心喜欢。当天傍晚时分，三人一同到了龙泉寺新居，在陈春君的操持下，简单地举行了成亲之事。

春君遂了自己的心愿，总算为自己找到一个代替照料白石的人，心里十分高兴。她待胡宝珠亲如同胞姐妹，精心地照料她、教导她。把齐白石的起居、饮食、生活、作画、刻印等习惯——详细告诉了她，胡宝珠默默领会，一一照春君教她的去做。

过了立冬，报纸上连篇登载湖南战事再起的消息，春君一听，心急如焚："这里的事安排停当了，我得早点回去。"

"也好。我同你一道回去，看看家里情况。"齐白石答应着，"这里的事就托付宝珠了，有什么急事，找一下郭葆生他们，我同他们谈一下。"

三四天后，齐白石伴着春君，南下回到湘潭。1920年元旦，白石在自己的故土上，度过了58岁的生日。2月，带着三儿良琨、长孙秉灵到北京上学。当时，良琨和胡宝珠都是19岁。他们同庚，但辈分不同，比起个头来，良琨比宝珠更高一些。临行前，春君特意嘱咐良琨，到了北京之后，一定要尊重婶妈，并且讲了许多有关宝珠为人的事。宝珠也十分尊重、关怀他们。处处以长者的身份，无微不至地照料他们。在这个偏僻的城南小平房里，他们度过了一段难忘的欢悦的生活。

由于童年苦难生活的煎熬，所以宝珠很成熟、懂事，勤俭地操持着这个家。在齐白石南下的二三月间，她一人住在北京，一步也没有随便离开过家门，整天关在家里做针线活儿，把白石的衣、裤、被、褥拆洗、补裰得整整齐齐。

齐白石同春君临行前，一再嘱咐她安排好生活，不要太苦了自己，但是，她有她的主意。她知道生活的不易，总把细粮留起来，尤其是大米，北京这地方不多，白石又爱吃，她就省下来。自己跟着邻居，学会了蒸窝头，每天就着青菜、咸菜吃窝头。

生活虽然是清苦的，但她的心充满了欢乐。她到底有了一个家，这颗曾经悬着的心，总算落到了实处。丈夫是个著名的画家，也是穷苦人家出身，为人正直、善良。大妈妈（她对原配陈春君的称呼）深明大义，待她如同姐妹，这些都给她以极大的慰藉。她对现在的一切都感到十分的满意。她唯一的愿望就是通过自己的双手，为白石创造一个尽可能温暖、舒适的家，让他有更多的时间与精力，画他的画，刻他的印。齐白石几次搬家都是在寺庙内，最后一次在朋友的帮助下，他们全家又搬到西四牌楼迤南三道栅栏六号。这里是居民区，环境比较幽静，白石比较满意，总算把家安顿了下来。

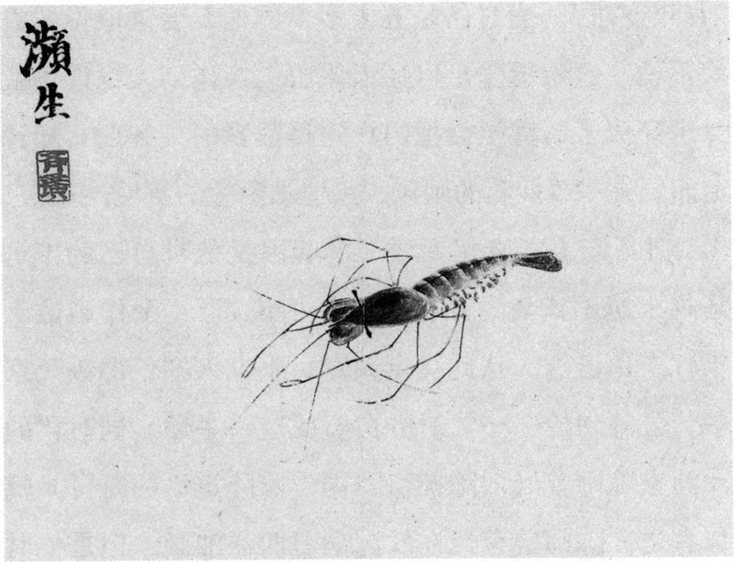

居北京期间，齐白石每年都回湘看望父母妻儿，如他在诗中描述的“燕树冲云都识我，年年黄叶此翁归”。他心悬两地，时时惦念着家乡的一切，怀念曾经拥有的宁静乡居生活。直到1926年，他的父母病逝，又卖了跨车胡同的房子以后，他才在北京稳定下来。当时，宝珠已生四子良迟、五子良已，三子良琨夫妇已在北京定居。他思前想后，刻了一方印：“故乡无此好天恩。”他知道，自己是不可能再回湘潭老家了。

何处清平著老夫

齐白石把定居北京后十余年的艺术探索称之为

“衰年变法”。当时已是五十多岁的他，变法取得的成就不说，这份勇气足以让人佩服，换作别人也许早就急于守成了，甚至会把门户守得紧紧的，齐白石却背道而驰，一改娴熟的画风，去追求陌生的意境。

白石老人“衰年变法”的起因是他对自己的工笔画越来越不满意，用他自己的话说是：“余作画数十年，未称己意，从此决定大变，不欲人知，即饿死京华，公等勿怜……”对齐白石的这一举动，同时代的大画家陈师曾（即陈衡恪，国学家陈寅恪的哥哥）赞誉有之。陈师曾曾经在欧洲学习西洋油画，但是他对中国画的造诣也十分了得。他慧眼看出，齐白石有天纵之才，若打破定式，往大写意方向发展，成就终将不可限量。

几经探索，几经雕琢，齐白石豁然悟出“大笔墨之画难得形似，纤细笔墨之画难得传神”“作画妙在似与不似之间，太似为媚俗，不似为欺世”。他曾告诉弟子说：“书画之事不要满足一时成就，要变百变，才能独具一格。”

大画家徐悲鸿也非常赞成齐白石“衰年变法”。白石老人在《答徐悲鸿并题画江南》一诗中写道：“我法何辞万口骂，江南倾胆独徐君。谓我心手出怪异，鬼神使之非人能。”由此可见，徐悲鸿对他的评价非常之

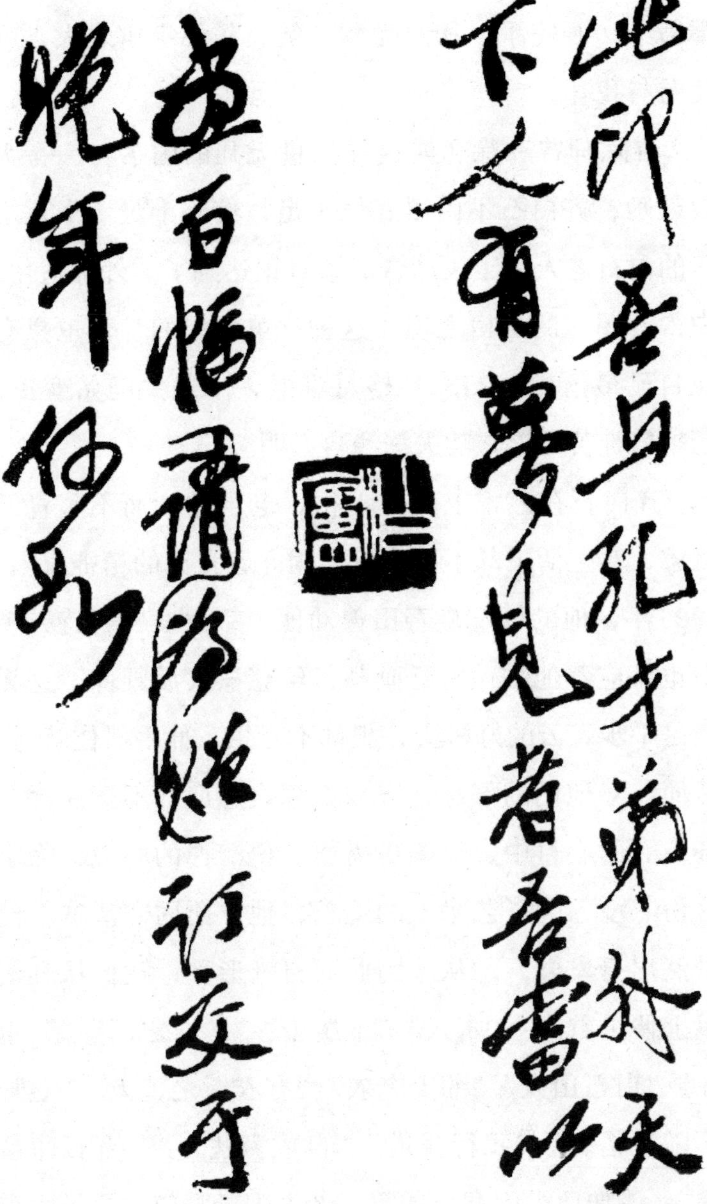
此印吾与孔才弟于天
下人有梦见者吾当以

高。在京城，他们曾多次合作，而且是大幅大幅地泼墨渲染，画完了，相对莞尔一笑，仿佛宇宙之大，唯使君与我耳。

有陈师曾和徐悲鸿这样当世无几的国手在一旁大力鼓励，齐白石不由得底气十足，信心十足。半百之年的白石老人终于大功告成，真正达到了“外师造化，中得心源”的自由之境。这种化茧为蝶的甘苦也只有他自己最清楚：扫除凡格总难能，十载关门始变更。老把精神苦抛掷，功夫深浅自心明。

齐白石在艺术上精益求精，老当益壮而不坠青云之志，在生活中却不慕富贵，固守着自己的精神家园。1903年，他的好友夏寿田曾劝他去京城发展，诗人樊山也答应荐他去做宫廷画师，给慈禧太后画像，这无疑是平步青云的好机会，想都不必想，伸手抓住就行。然而，对他们的好意，齐白石深表感谢却不接受。在齐白石的心目中，绘画更需要一份清逸的心境，为了这份心境，为了艺术上的追求，他宁愿固守清贫。他虽然出身卑微，却从未因此而自惭形秽，我们从其刻章上便可看出：“木人”“木居士”“木匠之门”“芝木匠”“白石山人”“湘上老农”“有衣饭之苦人”“立脚不随流俗转”“我行我道”“自成家法”“三百石印富翁”，诸如此类闲章，透露了老人闲云野鹤、君子固穷的心态。这位出身平民的艺术家心系百姓，同情弱者，将悲悯的心态诉诸笔端，同时也对那些官场中浑浑噩噩的封建奴才进行了无情的揭露和嘲讽。

他多次用画、用诗揶揄嘲讽那些肥头大耳、鱼肉百姓的官老爷们，其代表作《不倒翁》可以说是把官老爷们那副志得意满的草包样子，刻画得栩栩如生：乌纱白帽俨然官，不倒原来泥半团。将汝忽然来打破，通身何处有心肝？

从平民阶层一路起来的齐白石，深谙民生疾苦，看透世态炎凉，艺术家保持了一身傲骨，无丝毫巴结谄媚之态，将清高的气节留给了世人，在深深敬佩自食其人之力的同时，以笔对那些搜刮民脂民膏的寄生虫进行了无情嘲讽：

何用高官为世豪，雕虫垂老不辞劳。
夜长镌印忘迟睡，晨起临池当早朝。
啮到齿摇非禄俸，力能自食非民膏。
眼昏未瞎手犹在，自笑长安未作老。

齐白石“衰年变法”，从自发而迄于自觉地追求“自然的精神”，他追求到了，而且是脱却了一身匠气，真正地登了大雅之堂。他的伟大之处而愈加突显出来，

以自己的天才之笔再次向世人证明，天才的创造力是不受年龄限制的，大器虽晚成，成就的却是可雕琢的玉器。

齐白石特别讲求继承传统，转学多师，他最欣赏最佩服的徐渭、石涛、八大山人、黄慎、吴昌硕等宗师巨匠，都属于艺术个性鲜明，反对墨守成规，能别开生面的丹青巨擘。经过变法，他创造了以红花墨叶为主要特色的花鸟画新风格，林纾把他与民国以来画坛泰斗吴昌硕相比，称“南吴北齐”，逐渐得到人们的认可。1927年春夏之间，国立北京艺术专门学校校长林风眠聘他担任中国画教席；第二年，北京艺专改为北平大学艺术学院，白石被继续聘任并改称教授；同年，胡佩衡编《齐白石画册初集》出版。10月，徐悲鸿任北平大学艺术学院院长，继续聘他为教授。

1931年，“九一八”事变发生了，国民政府采取不抵抗政策，眼看平津将成前线，齐白石忧心忡忡。有人劝他避地杭州任教，他说：“大好河山，万方一概，究竟哪里是乐土呢?”决心留居北京。但骚扰也随之而至。北京沦陷之后，他闭门不出，也很少见客。当时，齐白石在日本的名声很大，很多日伪高官都想得到他的画作和印章。于是，想方设法接近齐白石，请他赴宴，送他礼物，还要跟他合影，邀他去参加各种“盛

典”……对此，齐白石一概回绝，他们设的任何圈套都是枉费心机。

齐白石老人天天提心吊胆，在忧闷中过着苦难的日子。他已经八十多岁了，感到没有精力和心思跟那些小人周旋了。于是，他先是在自家大门上贴出一张告示“画不卖与官家，窃恐不祥”；随后又贴出专门针对那些日本翻译官的告示“与外人翻译者，恕不酬谢，求诸君莫介绍，吾亦难报答也”；当他发现这些告白依然无法阻止这些滋扰时，断然贴出最后的告示“停止卖画”。从此以后，无论南纸店经手的还是朋友介绍的，一概谢绝不画。对于一位终生以卖画度日的老画家来说，作出这样的决定要付出多么巨大的勇气和代价啊！家乡亲人知道老人不再卖画，非常担心他的生计，来信问候，他以诗言志：“寿高不死羞为贼，不丑长安作饿饕。”表示宁可饿死，也决不去当“国贼”！

在停止卖画的年月里，白石老人写下了几首著名的题画诗——在友人画的山水卷上，他写道：“对君斯册感当年，撞破金瓯国可怜。灯下再三挥泪看，中华无此整山川。”在画给家人的一幅《鸬鹚舟》上，老人写道：“大好河山破碎时，鸬鹚一饱别无知。渔人不识兴亡事，醉把扁舟系柳枝。”白石老人在晚年曾对自己的一生艺事做出排序，自认为：“我的诗第一，印第

白石老人作于
京華城西

二，字第三，画第四。”很多人不以为然，讥笑老人家是故意作秀，是矫情。但是，当你读过白石老人在人生困厄中所吟出的这些悲愤交集的诗句时，你就自然会理解为什么他对自己的诗歌如此看重了——那是他的血泪心声啊！

齐白石老人劳累了一生，直到望九之年还在为稻粱发愁，他内心的悲苦可想而知。而更令他伤心的是，家门连遭丧亲之痛。两任妻子先他而逝，更有两位钟爱的儿女因病夭亡。风烛残年的齐白石，陷入了孤苦伶仃的境地。“南房北屋少安居，何处清平著老夫？”他的诗句，透露出他内心的凄凉和酸楚。

篆刻成就也辉煌

齐白石是中国近代在书画、诗文和篆刻方面都享有盛誉的一位艺术家，也是一位勤奋刻苦、植根于民间沃土、自学成才的艺术家。齐白石的篆刻是以其自身独特的篆书风貌结合长期的艺术实践，将多种刀法冶为一炉的单刀系统，再加上大开大合具有强烈视觉冲击效果的章法，营造出具有极端自我意识的印风。

齐白石对于自己的成就，曾有过“诗第一，印第二，字第三，画第四”的评价，而很多人则持相反的

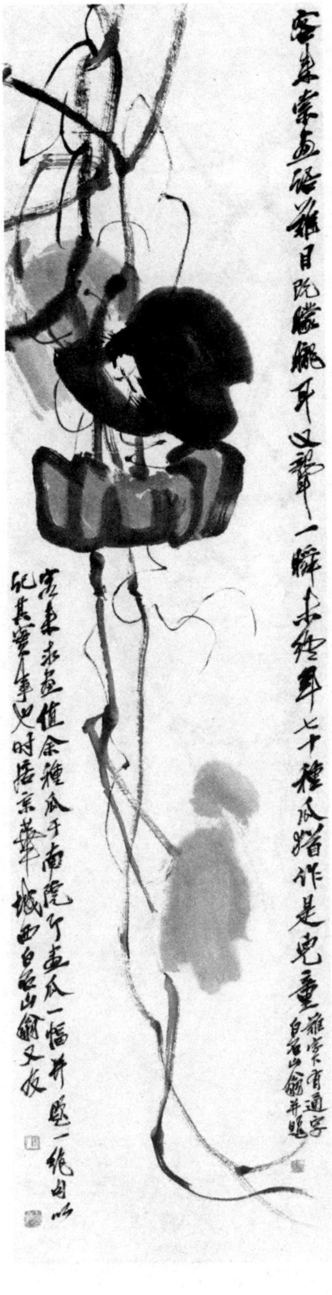

见解，如著名画家黄宾虹就认为：“齐白石画艺胜于书法，书法胜于篆刻，篆刻又胜于诗文。”

和所有杰出的篆刻家一样，齐白石的篆刻也有一个不断吸纳传统、融会贯通的过程。黎松庵是齐白石的诗友，是齐氏刻印真正的启蒙者。回顾白石老人的一生，赵之谦对他影响很大。1938年，他在周铁衡《〈半聋楼印草〉序》中题写：“刻印者能变化而成大家，得天趣之浑成，别开蹊径而不失古碑之刻法，从来惟有赵之谦一人。”齐白石模仿赵之谦，时间跨度将近20年。

齐白石的篆刻如果从其32岁开始计算（见《白石老人自述》），至94岁去世止，约有60余年的时间，在这

60年中，大致可以分为4个阶段：

一、32岁至41岁，刻印启蒙于黎松庵，仿摹丁黄的浙派，由此进入篆刻艺术的世界。二、41岁至60之前，弃丁黄而摹赵之谦，见《二金蝶堂印谱》，心驰神往，亦步亦趋。三、60岁至70岁之间，取汉隶碑的篆法，借赵的章法，努力摆脱模仿，随着“衰年变法”开创自己篆刻的面貌。四、70岁以后，又参以秦权量铭文的意趣，不断锤炼，至80岁达到自己艺术成就的高峰，最终完善了自己大刀阔斧，直率雄健的篆刻风格。

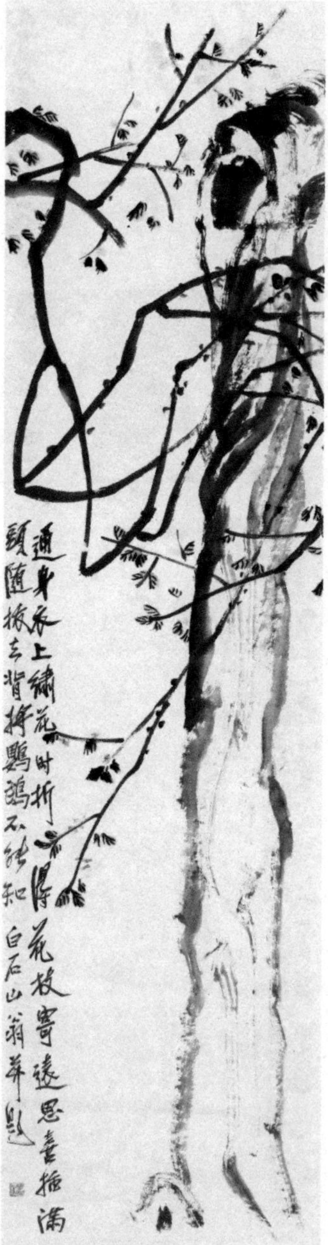

齐白石努力摆脱模仿，自行创造，是年近六十才开始的。1921年齐白石在题陈曼生印拓时写道：“刻

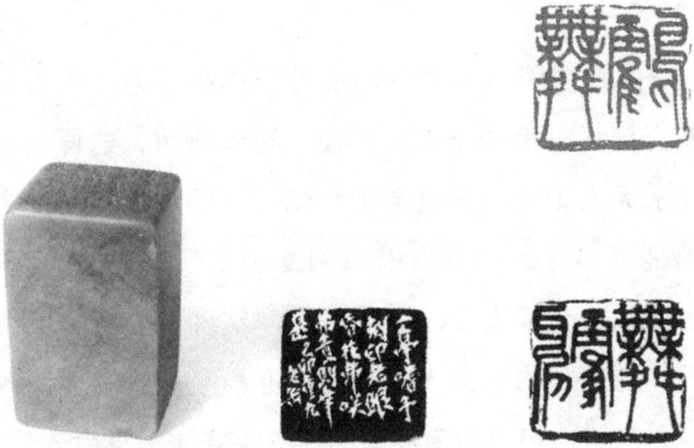

印，其篆法别有天趣胜人者，唯秦汉人，秦汉人有过人处，全在不蠢，胆敢独造，故能超出千古，余刻印不拘前人绳墨，而人以为无所本，余常哀时人之蠢，不如秦汉人，人子也，吾侪，亦人子也。不思吾侪有独到处，如令昔人见人，亦必钦佩。”

齐白石印章篆法源于他的篆书创作，在取法上以《天发神谶碑》和《祀三山公碑》等碑体形态为主，所实践的仍然是“以书入印”的理念。前人刻印，都是先打印稿，精心安排，在古典遗范的圈子里将印文形象料理得更美，然后一刀一刀刻成，这是“字主宰人”。齐白石刻印，往往不打印稿：“一手执刀，一手握石，先痛快利落地将印面所有横划刻完，再侧转印石，用刀方向不变，将所有竖划刻完，然后在笔画转折处略加修整，只闻耳畔刀声咔咔，顷刻之间印已刻成。”

齐白石惯用单刀侧锋向前冲。用指运力，用臂力向前直推，每根线略带弧形便是运臂所致，这样的刀法几乎无人企及，而这与他自幼打下的木雕运刀功夫基础是分不开的。齐白石篆刻变法不仅是刀法大变，篆法、章法全都大变。其篆法、章法变转为折，变曲为直，变笔画均匀为大疏大密，亦横平竖直为适当倾斜，亦双刀、切刀为前冲刀，变工整守法为自由奔放，而且简化字形，易读易认。

与许多篆刻名家相比，齐白石的篆刻起步较晚，作品前后变化较大，他在继承文化传统和独立创造方面，经过师法众家，临摹仿效，辛勤探索，形成了以

下4个突出的特点：1.齐白石艺术的积淀与成熟过程，是由民间艺人向文人画家演变的过程，由此而决定了他在篆刻方面不断学习、临仿、变化以至完善，直至晚年才形成自己的艺术风貌。2.齐白石从未接受过正规的科班教育，故而较少地受“成法”的限制，在汲取传统文化营养方面，能取前人之长，补己之短，而又不落他人窠臼。因无“师承”的羁绊，有利于形成自己个性鲜明的艺术。3.齐白石早年做雕花木工，虽然篆刻起步较晚，但由于有手工艺基础，腕力足，模仿力强，加之勤奋，因此形成了其成熟期的篆刻雄悍直率，不事雕琢，具有阳刚之美。4. 齐白石绘画风格的变化与成熟，直接影响着他篆刻的审美取向，其篆刻不但与书画基本上是同步发展的，而且在风格上也有高度的和谐性，这是其艺术的一个显著特点。

齐白石的篆刻还有重要的一点是，他从治印入手，未曾于《说文解字》和小学等方面下过功夫，更未上溯到商周的金文，在这一点上，与其诗文有某种“相通”点。他仅将篆书当作一种艺术化的字体，故而印文常不合于“六书”的篆体，甚至以僻字、俗字入印，这在当时一方面是受《康熙字典》之影响，而另一方面正是齐白石张扬个性，将自然、天真的民间文化气息带入其篆刻创作的一个重要体现。齐白石的篆刻艺术，对现代的中国篆刻产生了重要的影响，随着时间的流逝，他在篆刻方面的贡献也必将由历史作出客观的评价。

岁月馨香老画家

齐白石是幸运的，他在人生最后阶段，终于等来了迟到的辉煌，登上了一个艺术家的人生巅峰——1949年，新中国成立了，他的命运也随之发生逆转。

对于齐白石老人最后八年间所发生的诸多事件，各种著作和报道所论甚详，国人几乎是尽人皆知了。在《毛泽东藏画集》中，有几幅是齐白石的平生力作；齐白石也与朱德、周恩来、郭沫若、茅盾等人成为好友，在1953年为他祝寿的大会上，文化部（今文化和旅游部）向他颁发了“人民艺术家”的奖状，在授

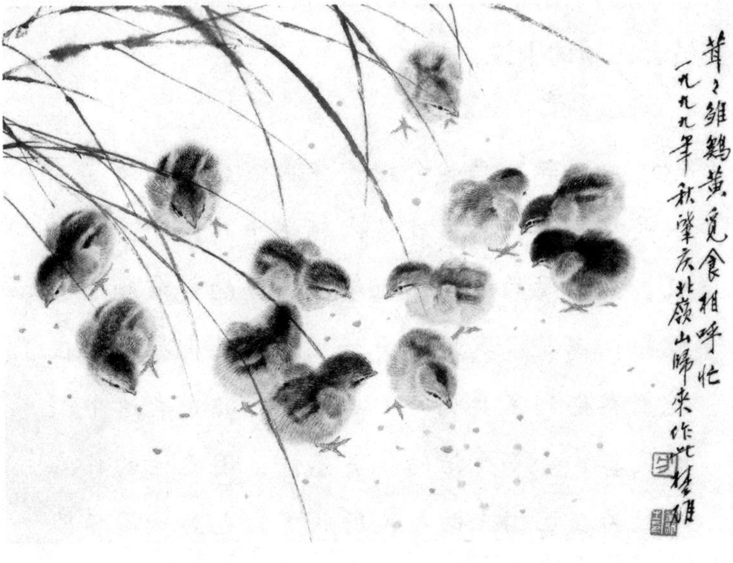

予他的荣誉状上对其艺术成就作出如下评价：齐白石先生是中国人民杰出的艺术家，在中国美术创造上有卓越的贡献；1954年，他被湖南家乡人民选为第一届全国人大代表，参加了新生的中华人民共和国第一届人代会；中央美术学院成立后，老朋友徐悲鸿担任院长，他盛情邀请齐白石老人为名誉教授；随后，中国美术家协会成立，他当选为第一任理事会主席；最令白石老人兴奋的是，1956年4月27日，世界和平理事会书记处宣布，把1955年度国际和平奖授予中国画家齐白石，以表彰他为人类和平作出的贡献。9月1日，中国人民保卫世界和平委员会、中国人民对外文化协会和中国美术家协会联合为白石老人举行了授奖仪式，周恩来总理出席，向他表示祝贺。国际和平奖金评议委员会在颂词中说：

把国际和平奖金授予齐白石先生的决定不仅是根据这位画家在艺术领域中获得的高度成就，更重要的是由于他毕生颂扬的美丽和平的境界，以及人类追求美好生活的善良愿望，在全世界得到了共鸣……画家在作品中表达中国人民喜爱和平生活的优美感情，因之他的作品不仅为自己国土的人民所欣赏，也为世界各国人民所称道。他的作品有助于各国人民对中国人民的了解，亦有助于各国人民之间和平友谊的增进。

齐白石请郁风女士代他读答词，答词中说：

世界和平理事会把国际和平奖金获得者的名义加在齐白石这名字上，这是我一生至高无上的光荣。我认为这也是中国人民的无上光荣。我以96岁的高年，能借这个机会对国家社会，对文艺界有些小贡献以获得这样荣誉，这是我永远不能忘的一件事。正因为爱我的家乡，爱我的祖国美丽富饶的山河土地，爱大地上的一切活生生的生命，因而花费了我的毕生精力，把一个普通中国人的感情画在书里，写在诗里。直到近几年，我体会到，原来我所追求的就是和平。

同年，几近百岁的白石老人为黎锦熙、齐良已合编的《齐白石作品选集》写了自序，序中说：予少贫，为牧童及木工，一饱无食而酷好文艺，为之八十余年，今将百岁矣。作画凡数千幅，诗数千首，治印亦千余。

国内外竟言齐白石画，予不知其究何所取也。印与诗，则知之者稍稀。予不知知之者之为真知否？不知者之有可知者否？将以问之天下后世……

1957年春夏之际，老人开始体力不支，经常精神恍惚，稍好些仍把笔作画，所做最后一幅作品是《牡丹》。9月15日卧病，16日送北京医院，抢救无效，溘然长逝，终年94岁（自署97岁）。

遵老人遗嘱，只有他常用的两方名印和一支使用了二十余年的红漆手杖入殓。郭沫若任治丧委员会主任，委员有周恩来、老舍、周扬、李济深、黎锦熙等25人。9月21日，各界人士络绎不绝前来祭奠。中国美术家协会的挽联是：

抱松乔习性，守金石行操，峥嵘九十春秋，不愧劳动人民本色；

抒稻黍风情，写虫鱼生趣，灼烁新群时代，平添和平事业光辉。

9月22日，在嘉兴寺举行公祭，郭沫若主祭，周恩来等领导人、各国使节的代表和各界人士参加公祭。而后移灵魏公村湖南公墓，墓前立了一块花岗石墓碑，上面刻着“湘潭齐白石墓”6个大字，旁边是他的继室胡宝珠的墓。

1963年，世界和平理事会推举齐白石为世界十大文化名人之一。白石老人一生的高尚品质和艺术成就光辉灿烂，他的名字永远地留在了共和国的史册上，供后人怀念、瞻仰。

白石老人轶事

齐白石与烟

齐白石14岁学木匠，15岁开始拜著名的雕刻木工周之美为师，学习木雕。周之美吸烟，齐白石经常买水烟或旱烟孝敬师傅。大约20岁时，齐白石的工艺已非常出色，除木雕外，他还经常制作一种水牛角样的烟盒子，这种烟盒既能装水烟条丝烟，又能装旱烟叶子，工艺精细，携带方便，很受烟客欢迎。常与烟客

画
三十万尺收钱三百元正
现金付讫
齊白石
四月十八日

交往，齐白石自己也爱上了吸烟，他经常将卖牛角烟盒的钱用来买烟，配齐了旱烟管、水烟袋，俨然一个老烟客。

1895年，31岁的齐白石参加了湘潭罗山诗社。其时，齐白石在画坛已享有盛誉，诗、书、画、印四艺

和平
池上先生属
中日友谊永远
白石

皆绝。一次，诗社社员聚会，齐白石提议起草社章，诗友们均表示赞成。大家你一句、我一句议论开了。说到不打麻将、不谈女人等条件时，齐白石都表示同意。当有人提出不嗜烟酒这一条时，齐白石却沉默不语，大家知道他嗜好烟，就不难为他了。

过了几天，诗友们又组织登山，途中，一位诗友突然发问："孔老圣人最爱好什么？"诗友们各抒己见，但说不出权威结论。这时，一位诗友突然语出惊人："我看孔老圣人最爱吸烟！"此语一出，众人迷惑，因为印第安人14世纪才发现烟草，传入中国的时间更迟，孔子时代还根本没有香烟，他怎么能爱上香烟呢，岂非天方夜谭？看到众人不解，这位诗友慢慢道出了原委："去年我去王秀才府上拜年，见到他在孔夫子灵位上贴的一副对联：茶烟待人客，笔墨不当差，据说请他作文写字的人实在太多，他贴出这一对联，意思是他常以茶烟待客、自用，希望求文求字的人能出些茶烟钱。王秀才是孔夫子门生，门生吸烟，作为老师的孔夫子当然喜爱香烟了。"一席话，说得众人哈哈大笑。

说者无意，听者有心。听了这位诗友讲的故事，齐白石深有感触地说："不瞒诸位，我吸烟已有十多年历史，平时写诗、作画都喜欢吸几斗水烟，现在大家这样诚意劝我，我一定要把烟戒掉。”他一边说，一边从口袋中掏出精美的烟盒扔到山溪中，并口占一联：烟从水上去，诗自腹中来。众诗友为齐白石的举动拍手称好。从此以后，齐白石再也没有吸过烟。

免费送你只虾

早年齐白石卖画，为方便起见，以数量计算，如画青菜、瓜果、鸡鸭鱼虾，画上有若干，就以若干钱计算。有人要画一幅虾子为题材的画。齐白石画完，即以画上有几只虾，按只收钱。那人看了画，以菜市场买菜的常例，要求多添一只虾子。齐白石心中不悦，但还是拿了笔，在画上给他添了只虾。

那人看画，发现这只虾画得像是走了样，毫无生气，有点儿奇怪。

齐白石说：“你要添的这只虾子，是不在价钱以内的，所以替你画了只死虾，算是免费附送。”

通身蔬笋气

齐白石喜欢画白菜，也画得好。

齐白石把白菜推许为菜中之王，他以白菜肥大、嫩白、翠绿的特点入画，画出的白菜新鲜水灵、生机盎然。齐白石常自称自己“通身蔬笋气”，他出身农家，画白菜，画好白菜，在他看来是极自然的事。

有位画家私下里学齐白石，也画白菜，可画得总不像，他最后忍不住去问齐白石，画白菜有什么诀窍？齐白石哈哈一笑：“你通身无一点蔬笋气，怎么能画得

齐白石弟子的画

和我一样呢?”

题诗不倒翁

1937年，日本侵略军占领北平，齐白石为防敌伪方的利用，坚持闭门不出，并在家门口贴出告示，上书：“中外官长要买白石之画者，用代表可矣，不必亲驾到门，从来官不入民家，官入民家，主人不利，谨此告知，恕不接见。”一个汉奸托人求画，齐白石画了一个涂着白鼻子、头戴乌纱帽的不倒翁，还题了一首诗：

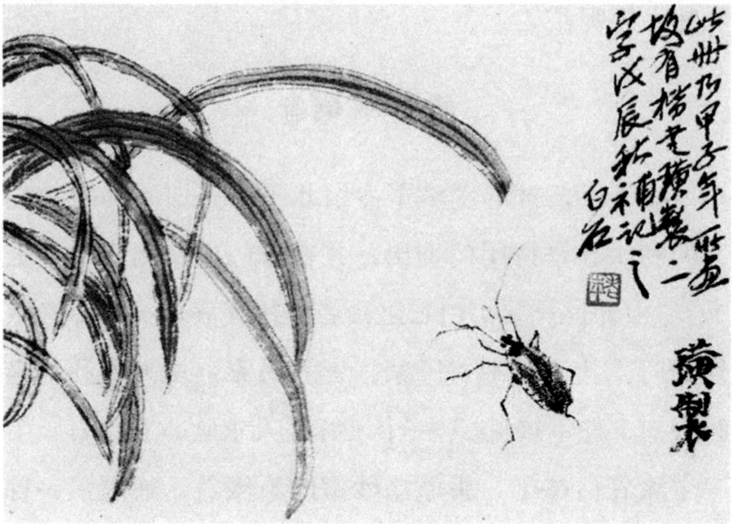

乌纱白扇俨然官，
不倒 原来泥半团。
将汝忽然来打破，
通身何处有心肝？

白 石 虾

大名鼎鼎的齐白石早已是家喻户晓了，但一提起他，我们总会不约而同地想到他画的活灵活现的虾。灵动而呈半透明质感的虾在水中嬉戏，或急或缓，时聚时散，疏密有致，浓淡相宜，情态各异，着实惹人喜爱。然而白石老人取得这样前无古人的成就却是来之不易，据说他画虾先后竟历经86年，真是千锤百炼才打造了“白石虾”。

齐白石老家有个星斗塘，塘中多草虾，幼年的白石常在塘边玩耍，从此与虾结缘。儿时欢乐的情景也成了他每每题画的素材，如“儿时乐事老堪夸……何若阿芝絜钓虾”。

白石画虾开始学八大山人、郑板桥等人，因时代关系那些古人画虾并不成熟，所以白石的虾只是略似的阶段。

为了画好虾，他在案头的水盂里养了长臂青虾，这样就可以经常观察虾的形态并写生，能更好地了解虾的结构和动态。这时他的虾画得很像，依样画葫芦，但墨色缺少变化，眼睛也像真虾一样画成小黑点，只是像归像，却没有虾的动感和半透明的质感，刻画不出虾的神，仅仅逼真罢了。

再以后，他在观察虾的过程中，将虾的进退，游的急缓，甚至斗殴、跳跃等等情态统统收于笔端，更于笔墨变化上增加变化，使虾体有了透明感。他在画虾的头胸部时先用小勺舀清水滴在蘸了淡墨的笔腹上，使之有了硬壳般的感觉。通过观察，强调腹部第三节的拱起，很好地表现了虾体的曲直，弹跳的姿势，因虾的跳跃全靠腹部，这样虾就画得更生动了。他又将虾钳的前端一节画粗，笔力得以体现。最令人叫绝的

是他在虾的头胸部的淡墨未干之际加上一笔浓墨，立刻增加了透明感，也使中国画的笔墨味道更浓了。虾的眼睛也由原来的小黑点儿变成横点儿，这是为了更好地表现虾的神情而加以夸张的。但是运用得恰如其分，大家见了并不以为怪。

深谙艺术规律的白石老人将躯体透明的白虾和长臂青虾结合起来，创造了“白石虾”，其实这种水墨虾在自然界并不存在，但是在符合虾的共性的前提下白石鬼斧神工地将他的“妙在似与不似之间”的理念演绎得巧妙至极。

七十岁以后白石老人画虾已基本定型，但仍在不停地改进，使其趋于完美，八十岁以后他的虾画得已是炉火纯青。活灵活现的虾配上芦苇、水草、慈姑、奇石、翠鸟等，更以刚劲古拙的书法题上自作的诗句，加上充满力感的印章，成就了千百幅给我们高雅艺术享受的珍贵作品，极大地激发了我们对于生活的热爱。画虾仅仅是白石老人的雕虫小技，而在他的艺术宝库中则有千百幅艺术珍品静待我们去观赏学习。

齐白石与陈师曾的友谊

1919年，齐白石举家迁往北京，在那里卖画治印为生。此时他结识了一生之中也许是最重要的一位友人——陈师曾。两人相识之初，陈师曾即赠齐白石七风一首："曩于刻印知齐君，今复见画如篆文。束纸丛蚕知行脚，脚底山川生乱云。齐君印工而画拙，皆有妙处难区分。但恐世人不识画，能似不能非所闻。正如论书喜姿媚，无怪退之讥右军。画吾自画自合法，何必低首求同群。"

齐白石读后，感慨万分，深知陈师曾是劝自己自创风格，不必求媚世俗。自此，齐白石常常出入于陈府的"槐堂书屋"，两人谈画论世，识见相同，由是交谊弥笃。齐白石曾取法宋代杨补之以工笔画梅，其作品很少有人问津，以致门庭冷落，生意惨淡。陈师曾听说后，遂建议他另辟蹊径，自出新意。齐白石虚心

寶珍將軍折一花一葉倩
寫其並之神形少似惟賣花
笑豈秋時居京華齊璜

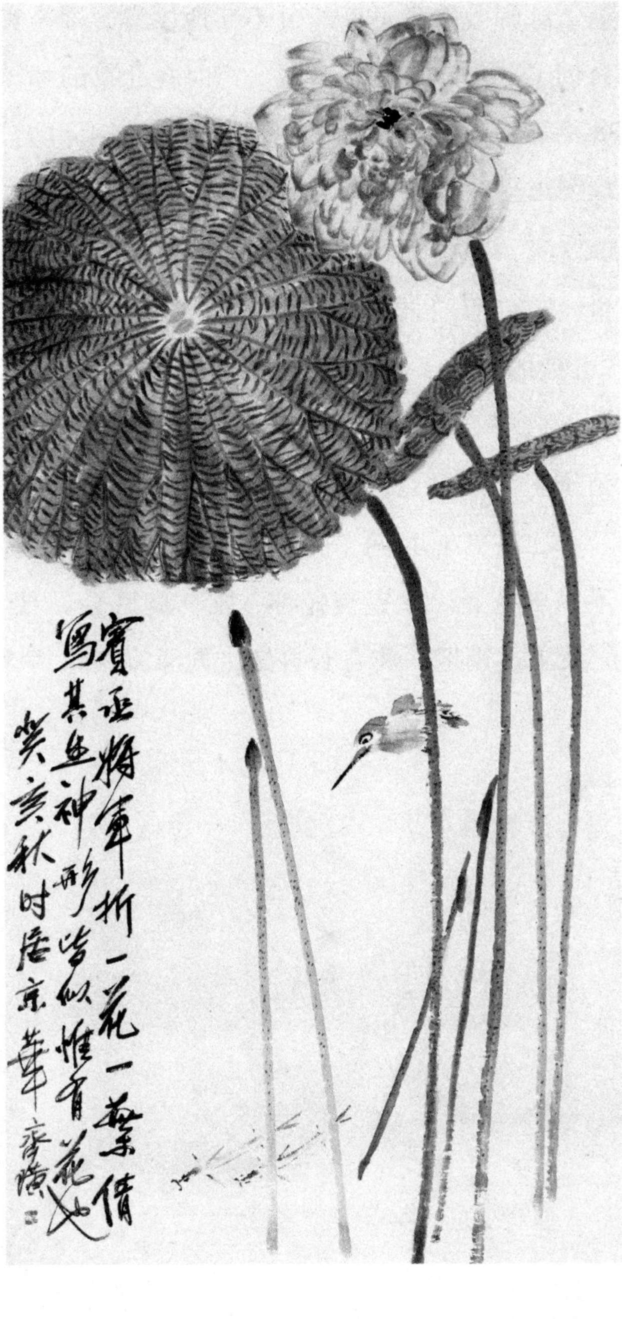

地采纳了陈师曾的意见，经过不断地探索，刻苦实践，终于自创了“红花墨叶”一派。当时在北京的林琴南，看到齐白石以新的技法画出的梅花后，不由得大为赞赏，称“南吴北齐，可以媲美”。吴者，即吴昌硕。

1923年，陈师曾由大连往南京奔继母丧，不幸染病去世。齐白石听此噩耗后，不禁痛哭失声，动情地说：“可惜他只活了48岁，这是多么痛心的事啊！”陈师曾生前，齐白石曾有诗相赠，如：“无功禄俸耻诸子，公子生涯画里花。人品不渐高出画，一灯瘦影卧京华。”又如：“君我两个人，结交重相畏。胸中俱能事，不以皮毛贵。牛鬼与蛇神，常从腕底会。君无我不进，我无君则退。我言君自知，九原毋相昧。”由此

可见，第一首诗体现了齐白石对陈师曾人品的高度评价，第二首诗则描述了二人之间淳朴而深厚的友情。

这两人的关系后来被人概括为“没有陈师曾就没有齐白石，没有齐白石也就没有陈师曾”。陈师曾在当时绘画界新思潮汹涌澎湃时仍坚定地拥护传统，曾著《文人画的价值》一书，此文极有意义。然而也就是这位貌似古板的陈夫子对白石翁进行多次鼓励和指引，在这种精神支持下，齐白石毅然以10年工夫进行衰年变法，从此他的大写意花鸟方始元气淋漓，呈现出为世人所熟知的面貌。

徐悲鸿三请齐白石

1929年9月，艺术大师徐悲鸿受聘担任北平艺术学院院长。他上任后不久，就亲自去拜访齐白石，聘请他来校担任教授。

12月一天的上午，徐悲鸿走进北京西单跨东胡同齐白石那简陋的画室里。两人一见如故，大有相见恨晚之感。当徐悲鸿提出聘请齐白石担任北平艺术学院的教授时，齐白石默默看了一会儿徐悲鸿，婉言谢绝了。

几天后，徐悲鸿重又敲开齐白石的家门，但又遭谢绝。对此，徐悲鸿不气馁，不灰心。他深知“精诚所至，金石为开”的道理……最后，齐白石终于被说服，担任了北平艺术学院的教授，同时也道出心里话：“我不仅没进学堂读过书，而且连小学生也没教过，怎么能教大学生呢?”徐悲鸿说：“你只在课堂上给学生作画示范就行了。”

徐悲鸿标价《虾趣》

虽然齐白石的画像徐悲鸿所赞赏的那样：“妙造自然，浑然天成。”但是在当时的美术界，有些人却极力歧视与贬低木匠出身的齐白石。一次画展，齐白石的作品受到冷落，被挤到一个不被人注意的角落里。当徐悲鸿在展厅内看到齐白石的作品《虾趣》时，心中暗喜道：“真是一幅妙趣横生的佳作啊！”他立即找来展厅的负责人，把《虾趣》放在展厅中央，与他的作品并列在一起，并将《虾趣》的标价8元改为80元，而自己的那幅《奔马》标价为70元；他还在《虾趣》下面注明“徐悲鸿标价”字样。此事引起轰动，齐白石也由此名扬京城。

齐白石惜时的故事

齐白石是我国著名的书画家，他非常勤勉、惜时。八十多岁时，仍然每天挥笔作画，一天至少要画5幅。他经常以“不教一日闲过”的警句来勉励自己。

一次，齐白石过90岁生日，许多朋友、学生前来祝贺。他一直忙到深夜，才把最后一批客人送走。这时他想，今天5幅画还没有完成呢，于是打算提笔作画。由于过度劳累，难以集中精力，在家人的一再劝阻下他才去休息。

第二天，齐白石很早就起来作画，家里人怕他累坏身体，都劝他休息。齐白石十分认真地说：“昨天生日客人多，没有作画，今天可要补昨天的‘闲过’呀！”

只要粉红色票面的新币

1955年发行新人民币，收回旧人民币，眼看就要到兑换截止日期了。有两位白石老人的女弟子估计他还没换，便自告奋勇，要替他办理更换新币的事。老人表示同意，但提出要求：“我只要那种粉红色票面的新币，即一元一张的，别的颜色不如这种可爱，故不要。”两人遵命，提了两个手提包去换。换回来的全是老人欣赏的一元一张的新人民币。当然，数起来也颇麻烦，累得她俩儿满头大汗。不过，这个偶然的机会使她俩儿得知老人财产的秘密。总数并不可观，打个毫不夸大的比喻，用这笔钱买老人自己的画，按目前的价格，大概是一张也买

不下来的。当事人之一，老舍夫人胡絜青说：“从这一次经历之后，老人的人品在我面前又增高了许多倍。”

中华魂·百部爱国故事丛书
提 要

《誓与禁烟相始终——民族英雄林则徐》

林则徐严禁鸦片，坚决抵抗西方列强的侵略，坚持维护国家主权和民族利益。他是中国近代历史上第一位睁眼看世界的人，是抗击帝国主义殖民侵略的第一人，是中华民族抵御外侮过程中伟大的民族英雄。

《血洒虎门御敌寇——抗英将军关天培》

民族英雄关天培，在第一次鸦片战争中为了抗击英国侵略者的入侵而血洒虎门，为国捐躯，谱写了一曲可歌可泣的英雄赞歌。关天培用他的生命，书写了中国人民反抗外侮的历史。

《威震镇海靖节魂——抗敌英雄裕谦》

在第一次鸦片战争期间的众多牺牲者中，有一位官阶最高，他就是两江总督裕谦。裕谦与外国侵略者斗争立场坚定，与国内妥协派、投降派斗争态度坚决。裕谦督战镇海，与英国侵略军浴血奋战，临危不惧，以身报国，浩气长存。

《斩邪留正解民悬——太平天国领袖洪秀全》

农民出身的洪秀全，从失意文人到起义领袖，经历了长期的思想演变过程，在外敌入侵、清朝政府腐朽的历史环境之下，顺应时代的潮流，成长为一位非凡的历史英雄人物，建立了与清朝政府相抗衡的农民政权——太平天国。

《仰承汉唐　荟萃中外——近代数学家李善兰》

李善兰是我国19世纪重要的科学家之一，在数学、天文学、力学等方面都有重大建树。他继承了我国古代数学的成就，又以极大的热情传播西方科学文化，“仰承汉唐，荟萃中外”，把自己的一生献给了科学事业。

《严谨治学　勇于探索——近代著名数学家华蘅芳》

华蘅芳，中国近代数学家之一。其精通中国古算学，并熟练掌握西方近代数学，是中国验证抛物线并著书立说的参与者。为了证明“外国有的，中国也能造”而鞠躬尽瘁，在引进西方科学技术、传播科学知识上贡献卓著。

《折冲樽俎护山河——近代著名外交家曾纪泽》

曾纪泽是中国近代史上著名的爱国外交家，在中俄伊犁交涉事件中，他秉承抵抗列强、保卫国家的坚定意志，利用外交手段全力同沙俄抗争，捍卫了国家主权、民族尊严，收回了祖国的领土，在近代中国外交史上留下了光辉的一页。

《甲午海战留英名——民族英雄邓世昌》

邓世昌，北洋水师名将。本书以邓世昌的成长过程为线索，以代表性的历史故事为主要内容，还原真实的历史事件，突出鲜明的人物性格。邓世昌因在中日甲午海战中突出的英雄气概而名垂史册，书写了伟大的爱国主义篇章。

《誓与舰队共存亡——北洋水师提督丁汝昌》

丁汝昌处在清朝政府的腐朽和李鸿章的专断下，难以施展爱国的抱负，壮志未酬，愤恨而终。但丁汝昌为建立近代海军作出的巨大贡献，带领北洋舰队爱国官兵勇抗强敌的英雄事迹，将永远为后代所传颂。

《镇南关上凯歌扬——抗法老英雄冯子材》

1885年中法战争中，年逾古稀的冯子材为抵御外国侵略，勇赴国难，大败法军于镇南关，并乘胜追击，接连收复文渊、谅山等地，从根本上扭转了中法战争的局面，成为近代民族英雄的杰出代表。

《屡败法军逞英豪——黑旗军将领刘永福》

刘永福是黑旗军的创建者，是农民出身的杰出军事家、政治活动家。在19世纪发生的援越抗法、中法战争中，他率部与帝国主义侵略者进行了殊死的战斗，建立了卓越的功勋，成为我国近代史上著名的民族英雄，为后世所景仰。

《矢志变法强国家——戊戌变法领袖康有为》

康有为是清末民初最有影响力的思想家之一。他领导了中国知识界的启蒙运动，掀起了一场自上而下的政体改革。他最早在中国提出了立宪政体和具体的宪政方案，主张在坚持儒家传统和帝制的前提下，学习西方经验，他的进步思想对近代中国具有深远的影响。

《开民智以报国　普新知而图强——戊戌变法思想家梁启超》

梁启超，中国近代史上著名的政治活动家、启蒙思想家、史学家、文学家，戊戌变法领袖之一。本书以百日维新思想家梁启超的成长过程为线索，以代表性的历史故事为主要内容，还原真实的历史事件，突出鲜明的人物性格。

《我自横刀向天笑——维新志士谭嗣同》

谭嗣同在民族危机的严重时刻，投身改革救中国的洪流。为了带给祖国一个光明的未来，紧要关头，他挺身而出，用自己的鲜血激励后人，把宝贵的生命献给了变法事业。

《睡乡敢遣警世钟——用生命警策国人的陈天华》

陈天华是民主革命的活动家和宣传家。他写的《猛回头》《警世钟》等书，起到了革命启蒙的重大作用。为了激发留日学生的爱国情怀，他不惜投海自杀，演出了近代史上感人至深的一幕，给后人留下了难忘的印象。

《革命军中马前卒——民主斗士邹容》

革命乃“至尊极高，独一无二，伟大绝伦之一目的”；它是“天演之公例，世界之公理，顺乎天而应乎人”的伟大行动。因此，必须“仗义群兴革命军”。他激情高呼：“革命独子万岁！中华共和国万岁！”这就是《革命军》的作者，中国近代著名资产阶级革命宣传家邹容。

《休言女子非英物——鉴湖女侠秋瑾》

为民族解放和妇女解放而英勇斗争的秋瑾，冲破封建礼教的思想牢笼，打碎封建精神枷锁，崇仰真理，追求光明，主张共和，坚持男女平等，最终献出了自己年轻的生命。

《血溅校场　杀身成仁——民主斗士徐锡麟》

本书讲述了反清志士徐锡麟弃文从武、投身反清革命事业，最终被清政府杀害的故事。出于对国家的热爱，徐锡麟献出自己的生命，他的事迹将永远激励后人深切缅怀这位民主革命的先驱。

《生可死耳　我志长存——献身民主的禹之谟》

禹之谟，民主革命党人，同盟会会员，近代资产阶级革命家、实业家。1886年，20岁的禹之谟“提三尺剑，挟一卷书”游历四方，研究西方社会政治学说，忧国忧民之心日趋强烈。戊戌变法失败，他丢掉改良幻想，倡革命救亡之说，走上民主革命道路。

《物竞天择　适者生存——资产阶级启蒙思想家严复》

严复是中国近代著名的启蒙思想家、翻译家和教育家。他长期从事教育和翻译事业，为近代中国人才培养和思想启蒙做出了重要贡献，同时他也为中国的翻译事业和中西思想文化交流做出了重要贡献。

《辛亥革命急先锋——资产阶级革命家黄兴》

黄兴，清末民初资产阶级革命家，中华民国开国元勋。黄兴在武昌首义及辛亥革命时期的爱国表现，与孙中山闻名于当时，常被时人以“孙黄”并称。本书以资产阶级革命活动实干家黄兴的成长过程为线索，歌颂了先辈伟大的爱国主义精神。

《矢志革命　百折不回——近代民主革命家廖仲恺》

廖仲恺追随孙中山踏上了创立民国与捍卫共和制的旧民主主义革命

之路；在新民主主义革命时期，他为建立、巩固首次国共合作和实施三大政策，英勇奋斗，为国殉职，洒尽了一腔热血。

《将军拔剑南天起——护国英雄蔡锷》

蔡锷是中国近代史上的杰出军事家、爱国者。他的一生短暂而伟大。辛亥革命爆发，他毅然投身于革命洪流之中，领导云南重九起义，对武昌起义积极响应。袁世凯窃国复辟、恢复帝制的阴谋暴露出来以后，他又毅然举起了武装讨袁的旗帜。

《反帝反封建运动——五四青年的爱国故事》

五四运动是一次伟大的反帝反封建的爱国运动；是一个伟大的历史转折点；是中国人民的斗争从挫折走向胜利的一个关节点，它为中国的前进开辟了一条全新的道路，拉开了中国新民主主义革命的序幕。

《思想自由　兼容并包——著名教育家蔡元培》

蔡元培是中国近现代著名的民主革命家和教育家，一生经历风雨，却始终信守爱国和民主的政治理念，致力于废除封建主义的教育制度，奠定了我国新式教育制度的基础，为我国教育、文化、科学事业的发展做出了富有开创性的贡献。

《为国家争光　为民族争气——中国铁路之父詹天佑》

詹天佑是我国最早的杰出铁道工程师，因主持建造京张铁路而闻名中外，被誉为“中国铁路之父”。他为祖国的铁路事业贡献了毕生的精力。本书向读者展示了詹天佑热爱祖国、科技兴国的辉煌人生。

《实业救国　衣被天下——轻工之父张謇》

张謇是爱国实业家、教育家。他年轻时中过状元。过了40岁，开始投身工商实业活动中，他的名言是“富民强国之本在于工”。在南通，创办大生丝厂、银行等各种实业。并将创办实业的大部分所得投入教育。他的观点是，教育和实业一样，也是“富强之大本”。

《心向革命　追求光明——平民将军冯玉祥》

冯玉祥将军“是一位从旧军人转变而成的坚定的民主主义战士”。

抗日战争期间，他辗转各地，用实际行动积极抗战。日本战败投降后，他为了断绝美国的援蒋内战，又在美国四处演说，揭露蒋介石统治之黑暗，痛斥美国阴谋分裂中国的不良行为。

《刑场上的婚礼——革命烈士周文雍　陈铁军》

周文雍是广州起义的主要领导人之一。陈铁军出身于华侨商人家庭，却毅然投身革命洪流。1928年1月，两人接受派遣，回到广州假扮夫妻从事革命斗争，却不幸被捕。临刑前，两位烈士将敌人的枪声当作自己婚礼的礼炮，用生命和爱情谱写出一曲千古绝唱。

《星星之火　可以燎原——井冈山斗争的故事》

1927—1929年，毛泽东、朱德等老一辈革命家，在井冈山创建了农村革命根据地，进行了艰苦卓绝的斗争，建立了新型革命武装，点燃了工农武装革命之火，找到了农村包围城市最后夺取政权的中国革命的正确道路。

《新民学会的主要发起人——中国共产党早期革命家蔡和森》

蔡和森青年时期曾与毛泽东等人一起组织进步团体新民学会，参加五四运动，并在赴法国勤工俭学时研读大量马克思主义著作，回国后以满腔热忱投身革命事业，成为中国共产党早期重要的理论家和宣传家。

《威震黄浦江畔　高奏抗日壮歌——一·二八淞沪抗战》

面对日本侵略者的挑衅，十九路军在蒋光鼐、蔡廷锴的带领下，高举义旗，奋力一搏。一·二八淞沪抗战，是中国军人捍卫军人荣誉和祖国尊严所发出的吼声，谱写了一曲抗击日军侵略的英雄壮歌。

《将军恨不抗日死——慷慨就义的吉鸿昌》

在国难深重的20世纪30年代，吉鸿昌将军因拒绝执行国民党指示，坚决不打内战，被迫携眷出国“考察”。回国后，他加入中国共产党，组织了民众抗日同盟军，英勇打击日本侵略者，后于1934年11月被国民党反动派杀害。

《献身革命　甘于清贫——梅岭忠魂方志敏》

大革命失败后，方志敏凭着“两条半步枪”起家，身经百战，创建了赣东北革命根据地和红十军。本书真实记录了方志敏投身于革命、领导红军和敌人进行艰苦卓绝斗争的经历，歌颂了烈士贫贱不移、威武不屈、献身革命的高尚品质。

《奏响中华最强音——人民音乐家聂耳》

聂耳在他有限的生命中创作了数十首革命歌曲，在抗日救亡运动中，聂耳的这些歌曲产生了广泛深远的影响。他的音乐创作为中国无产阶级革命音乐的发展指明了方向，树立了榜样。

《横眉冷对千夫指——中国文化革命主将鲁迅》

鲁迅不但是伟大的文学家，而且是伟大的思想家和伟大的革命家。在那风雨如晦的黑暗年代里，他以笔为投枪，同一切帝国主义和反动派进行了顽强的战斗，为中国人民树立了一个不朽的丰碑。他是新文化战线上的一面光辉旗帜，是我们伟大民族的灵魂。

《铁流两万五千里——红军长征的故事》

红军长征是人类历史上的一次伟大的壮举。第五次反“围剿”失败后，中国工农红军的三大主力在极端艰难的条件下，突破国民党军队的围追堵截，进行了史无前例的战略大转移，总行程达两万五千里以上。途中发生了许多动人故事，至今令人难以忘怀。

《荣辱不移革命志——创建陕北红军的刘志丹》

刘志丹是杰出的无产阶级革命家、军事家，西北红军和西北革命根据地的主要创始人之一。他一生热爱人民，追求真理，英勇善战，百折不挠，艰苦奋斗，忠心赤胆，为创建红军和革命根据地、为中国人民的解放事业建立了不可磨灭的功勋。

《英名永存北平城——爱国将领佟麟阁　赵登禹》

1937年7月28日，日军向北平郊区发动进攻。第二十九军副军长佟麟阁奉命在南苑率部与日军苦战，腿部受伤，头部被敌机炸伤，壮烈殉国。第一三二师师长赵登禹指挥部队顽强抵抗日军，右臂中弹负伤，仍继续作战。后在转移途中遭日军截击而牺牲。

《八百壮士　四行仓库铸军魂——谢晋元和他的战友们》

八一三抗战，中国军人以血肉之躯揭开全面抗战的帷幕。这是一场血战，是中国军人不屈不挠的英雄诗篇，其中的八百壮士守四行，成为这首英雄颂歌中最动人、最凄美的音符。一曲四行保卫战，铸就了不屈的军魂。

《八女投江　气贯长虹——八位抗联女战士》

抗日战争时期，以冷云为首的东北抗日联军8名女战士，为捍卫民族尊严，面对凶残的日寇，镇定自若，宁死不屈，投江殉国，表现了中华民族同敌人血战到底的英雄气概。她们的光辉形象，激励着千千万万的后来人。

《艰苦抗战　威震敌胆——著名抗日英雄杨靖宇》

杨靖宇将军是我国著名的抗日民族英雄。曾先后担任磐石游击队政治委员、东北抗日联军第一军军长兼政委、抗日联军总司令等职。领导军民对日寇坚持了长达9个年头的艰苦卓绝的斗争，最终以身殉国。

《死也不当亡国奴——镜泊抗日英雄陈翰章》

陈翰章，从1932年8月投笔从戎，直到1940年12月8日为抗击日本侵略者，战死在镜泊湖畔。他在抗日疆场上奋战了九年，他那可歌可泣的英雄事迹将为人们永世传颂。

《名将殉国　气壮山河——抗日将军张自忠》

著名抗日将领、民族英雄张自忠，生于忧患的时代，抱有“宁为百夫长，胜作一书生”的志向，经历过失败与低谷，最终成就了慷慨人生。本书主要以人物活动为主，勾画出一个真正的“民族魂”鲜活的人生，会带给读者振奋的力量。

《宁死不辱战士名——狼牙山五壮士》

1941年日寇在河北易县“扫荡”。为掩护群众和主力部队撤退，五位八路军战士毅然把敌人引上了狼牙山棋盘坨峰顶绝路。弹尽粮绝、无路可退，五位英雄纵身跳下了万丈悬崖，用生命和鲜血谱写出一曲惊天地泣鬼神的壮举。

《太行浩气传千古——抗日名将左权》

左权，中国工农红军和八路军高级指挥员，著名军事家。是八路军在抗日战场上牺牲的最高指挥员。名将阵亡，太行山为之垂首，全党为之悲痛。周恩来称他“足以为党之模范”，朱德赞誉他是“中国军事界不可多得的人才”。

《虎将兴关外　抗倭统雄师——抗联英雄赵尚志》

本书描写了久经考验的共产党员、东北抗联的创建者和主要领导人赵尚志，在艰苦卓绝的条件下，坚持抗战，威震敌胆，战功卓著，忍辱负重，忠贞不屈，为国捐躯的英雄故事，为青少年读者呈上一部爱国主义的佳作。

《黄埔之英　民族之雄——抗日名将戴安澜》

抗日名将戴安澜，先后参加保定、漕河、台儿庄、武汉、昆仑关等战役，作战英勇，屡建奇功；入缅作战，“扬威国外，藉伸正义”；守东瓜，复棠吉；殒身缅北，遗恨丛林，马革裹尸，成就了光辉的一生。

《爱国志士　民主先锋——新闻出版家邹韬奋》

本书讲述了邹韬奋献身新闻出版事业的奋斗历程，展现了一位新闻工作者坚定的革命信念和炽热的爱国主义精神，全心全意为人民服务、为读者服务的奉献精神，歌颂了他的高尚情操和优良品质。

《为抗战发出怒吼——人民音乐家冼星海》

人民音乐家冼星海，青年时期在巴黎求学，饱尝屈辱与磨难；学成后毅然回到多灾多难的祖国，用满腔热忱谱写激昂的音乐，鼓舞中华儿女的斗志；奔赴延安，谱写出不朽的名作《黄河大合唱》，发出中华民族抗日救亡的怒吼。

《全民皆兵　抗击日寇——抗日战争的故事》

中国人民进行的十四年抗战，是一百多年来中国人民反对外敌入侵第一次取得完全胜利的民族解放战争。这场战争是以国共两党合作为基础，有社会各界、各族人民、各民主党派、抗日团体、社会各阶层爱国人士和海外侨胞广泛参加的全民族抗战。

《捧着一颗心来　不带半根草去——人民教育家陶行知》

陶行知是我国现代教育史上伟大的人民教育家、教育思想家。他从青年起就立志献身教育事业，以“捧着一颗心来，不带半根草去”的赤子之心，为人民的教育事业鞠躬尽瘁。

《为民主与和平拍案而起——民主斗士闻一多》

闻一多早年与梁实秋等人发起成立清华文学社。赴美留学期间由对祖国的深深眷恋而创作著名的《七子之歌》。后在西南联大任教8年，积极投身于抗日运动和争取民主的斗争，发表了著名的《最后一次讲演》。

《铁窗难锁钢铁心——革命先烈王若飞》

王若飞是我党早期杰出的无产阶级革命家。在艰苦卓绝的斗争中，他出生入死，屡建奇功，以超人的睿智和胆略，在敌人的监狱中，同敌人展开了殊死的较量，为抗战的胜利和新中国的诞生做出了卓越的贡献。

《横扫千军　还我河山——抗联名将李兆麟》

李兆麟是东北抗日联军创建人之一，他率领抗日联军历尽千难万险与日本侵略者浴血奋战，在极其艰苦的条件下，保存了抗日联军的有生力量，为东北光复做出了重大贡献。

《锄头开出新天地——解放区大生产运动》

为了解决困难，渡过难关，党中央号召党政军民齐动手，开展大生产运动。中国共产党在其控制区域内发动的一场军队屯田和鼓励生产的群众运动，达到了自己动手丰衣足食，共度难关，既进行革命又进行生产自足的目的。

《生的伟大　死的光荣——女英雄刘胡兰》

刘胡兰，坚贞不屈的少年女英雄。生前对我国劳动人民的解放事业无限忠诚，在敌人威胁面前，大义凛然，毫无惧色，英勇牺牲，表现了共产党员的高贵品质。

《饿死不领美国救济粮——爱国知识分子的楷模朱自清》

朱自清作为爱国知识分子的典型，以锐利的笔锋直言痛斥反动政府的暴行，体现了他崇高的爱国情怀和不畏恶势力的精神品格。毛泽东曾给朱自清先生以高度评价："一身重病，宁可饿死，不领美国的'救济粮'"，"表现了我们民族的英雄气概"。

《为了新中国前进——舍身炸碉堡的董存瑞》

伟大的英雄，中国人民的儿子董存瑞，从儿童团长成长为一名光荣的解放军战士，在1948年解放隆化县城时，舍身炸碉堡，为新中国献出了自己年轻的生命。他的英雄形象永远留在人民心里。

《宁死不屈的共产党员——革命烈士江竹筠》

江竹筠，就是著名的江姐。1947年春，她负责《挺进报》工作，只几个月的时间，报纸就发行到1600多份，引起了敌人的极大恐慌。由于叛徒出卖，江姐不幸被捕，惨遭毒刑的残酷折磨，仍坚贞不屈。最后被特务秘密枪杀，年仅29岁。

《抗美援朝　保家卫国——志愿军的战斗故事》

抗美援朝战争是中国人民志愿军为援助朝鲜人民、保卫祖国安全，与美国为首的"联合国军"发生的战争。在朝鲜牺牲的志愿军烈士们，他们英勇的战斗事迹、保家卫国的精神值得我们发扬光大。

《上甘岭上壮烈歌——黄继光和他的战友们》

在1952年10月的上甘岭战役中，黄继光和他的战友们在零号阵地半山腰被敌机枪火力点压制，此时，黄继光身上已经多处负伤，手雷也已全部用光。为了完成任务，减少战友的伤亡，他用自己的胸膛堵住正在扫射的敌机枪射孔，为反击部队扫清了前进的道路。

《诗书印画　全入神品——国画大师齐白石》

齐白石出身贫寒，做过农活，当过木匠，后改学雕花木工，从民间画工入手，摹古人真迹，学诗文书法，融汇古今，而诗、书、印、画俱佳；他将中国画的精神与时代的精神统一得完美无瑕，使中国画得到国际的重视，无愧于“国画大师”的称号。

《毕生为文化而奋斗——中国第一出版家张元济》

张元济参与、主持和督导商务印书馆近六十年，使其从简单的印刷企业转变为当时中国教育出版的旗帜。张元济一生爱书，在中华大地动荡不安的年代里，他用自己对文化的热爱，续存着中华民族灿烂悠久的文明之光。

《独树一帜　梨园大师——著名京剧表演艺术家梅兰芳》

梅兰芳，京剧大师，演唱风格独树一帜，世称“梅派”。曾先后赴日本、美国、苏联演出，并荣获美国波摩那学院和南加州大学的荣誉文学博士学位。作为一位爱国者，抗战期间蓄须明志，拒绝为日本人演出，为后世称颂。

《华侨旗帜　民族光辉——爱国侨领陈嘉庚》

陈嘉庚是著名的爱国华侨领袖、企业家、教育家、慈善家、社会活动家。他为辛亥革命、民族教育、抗日战争、解放战争、新中国的建设做出了卓越的贡献。生前被毛泽东誉为“华侨旗帜、民族光辉”。

《向雷锋同志学习——伟大的共产主义战士雷锋》

雷锋，一个平凡而伟大的共产主义战士，一心向着党，一生秉承着全心全意为人民服务、无私奉献的崇高思想；发扬刻苦学习和钻研理论的“钉子”精神；坚持勤俭节约、艰苦奋斗的优良作风。毛泽东为其题词：“向雷锋同志学习。”

《人民的好公仆——县委书记的好榜样焦裕禄》

焦裕禄，被誉为县委书记的好榜样。他用自己的革命精神，展开了与大自然、与社会落后现象、与病魔的多重抗争，让我们领略到一个共产党人的生之伟大、死之壮美的人格品质和具有现实教育意义的精神魅力。

《文学巨匠　京味大师——人民作家老舍》

老舍是我国现代小说家、文学家、戏剧家。他用融入骨髓的真诚文字反映生活的喜怒哀乐。老舍的一生，总是在忘我地工作，他是文艺界当之无愧的“劳动模范”，生前被北京市人民政府授予“人民艺术家”的称号。

《革命老人——无产阶级教育家徐特立》

徐特立是一代伟人毛泽东的老师。他出生在贫苦家庭，大部分时间生活在动荡艰苦的年代；他刻苦勤奋，不畏艰辛，追求光明，一生勤俭，为革命培养了大量的人才；他对党和人民任劳任怨，鞠躬尽瘁。他坎坷奋斗的一生，留下了许多可歌可泣的故事。

《人生能有几回搏——新中国第一个世界冠军容国团》

容国团先后担任中国乒乓球队运动员、女队主教练。获得1959年男子单打世界冠军；1961年夺得男子团体世界冠军；作为中国女队主教练，1965年率女队第一次夺得女子团体世界冠军。他的“人生能有几回搏”的豪言，举国传诵。

《石油工人一声吼　地球也要抖三抖——铁人王进喜》

王进喜，新中国第一批石油钻探工人。他为祖国石油工业的发展和社会主义建设立下了不朽的功勋，在创造了巨大物质财富的同时，还给我们留下了宝贵的精神财富——铁人精神。他被评为“百年中国十大人物”，写入中华民族的光辉史册。

《做人民需要我做的事——著名地质学家李四光》

李四光是一位伟大的科学家，他一生从事地质学研究工作，足迹遍布祖国的山川，为祖国探明了许多地下宝藏；他创建了崭新的学说——地质力学；他历尽重重困难，为正确认识地质构造开辟了一条新路。

《中国化学工业的先驱——著名化学家侯德榜》

为摆脱纯碱需要进口的窘况，20世纪初，怀着“实业救国”梦想的中国化工先驱侯德榜等人创办了永利碱厂，并立志生产出中国人自己的碱。1926年，永利碱厂终于成功地生产出“红三角”牌纯碱，从此中国制碱业得以跨入世界先进行列。

《毕生求是　一丝不苟——著名科学家竺可桢》

著名科学家竺可桢献身科学研究；治学严谨，一丝不苟；一生廉洁，两袖清风；作风民主，爱护学生。他以爱国之心、报国之志，从一个民主主义者逐渐成长为一个共产主义战士。

《热爱自然的大地之子——著名植物学家蔡希陶》

蔡希陶，五十载风雨，五十载坎坷，五十载奋斗，五十载开拓，为了发现对人类生产、生活有用的植物及新物种的引进而做出巨大贡献，在中国的植物资源学史上将永远镌刻着他的名字。

《高洁无私的襟怀——知识分子的楷模蒋筑英》

蒋筑英是中国当代知识分子的先锋典范，他不为名，不为利，尊重科学；他以坚忍的毅力和顽强的作风，在科学的道路上呕心沥血，鞠躬尽瘁，无私地奉献了青春和生命。

《迎接新生命的天使——卓越的妇产科专家林巧稚》

林巧稚是国内外享有盛誉的妇产科专家。在五十多年的医学教育和临床实践中，林巧稚亲自接生了五万多婴儿，治愈了数千病人，培养了数以百计的专门人才，为我国的妇女儿童事业做出了不可磨灭的贡献。

《独自成千古　悠然寄一丘——国画大师张大千》

张大千是20世纪中国画坛最具传奇色彩的国画大师，无论是绘画、书法、篆刻、诗词无所不通。在艺术界深得敬仰和追捧，艺术家们用真挚的感情，用绘画和雕塑展现了“张大千”多彩的艺术形象。

《建造中国的通天塔——著名数学家华罗庚》

中国当代著名数学家华罗庚，为中国数学的发展做出了无与伦比的贡献，他是中国解析数论、典型群、矩阵几何等多方面研究的创始人与开拓者，也是我国最早将数学理论研究与生产实践紧密结合的科学家。

《问鼎长天　强我国威——两弹元勋邓稼先》

邓稼先是我国著名科学家，参加组织和领导我国核武器的研究、设计工作，从对原子弹、氢弹原理的突破和试验成功及其武器化，到新的核武器的重大原理突破和研制试验，作出了重大贡献。是我国核武器理论研究工作的奠基者之一，被誉为“两弹元勋”。

《敢叫天堑变通途——桥梁专家茅以升》

中国著名的桥梁专家茅以升从小立志为祖国建造桥梁，经过不懈努力，他不仅设计建造了一座座宏伟壮观、坚固实用的道路桥梁，而且搭建了一座座友谊之桥，为祖国建设作出了卓越贡献。

《蘑菇云之梦——核物理学家钱三强》

被誉为“中国原子弹之父”的核物理学家钱三强，更名后立志于科技报国；24岁投师于世界著名核物理学家居里夫妇；与夫人何泽慧合作，发现铀的“三分裂”“四分裂”现象；统领我国的原子大军，做了大量创造性工作。

《两离桑梓地　满怀雪域情——领导干部的楷模孔繁森》

孔繁森，是一位一尘不染、两袖清风的好干部。两次进藏工作，历时十载，为西藏的建设、发展和稳定作出了突出的贡献。1994年11月，孔繁森不幸以身殉职。人民群众称他为新时期领导干部的楷模。

《摘取数学皇冠上的明珠——著名数学家陈景润》

陈景润是享誉世界的数学家，为了证明“哥德巴赫猜想”，他以惊人的毅力在数学领域里艰苦跋涉，终于攻克了世界著名数学难题“哥德巴赫猜想”中的“1+2”，创造了中国乃至世界数学史上的辉煌。

《学术独步　饮誉四海——享有国际威望的科学家卢嘉锡》

卢嘉锡是一位在国际科学界享有崇高威望的物理化学家、化学教育家和科技组织领导者。1945年，卢嘉锡满怀“科学救国”的热忱回到祖国，对中国原子簇化学的发展起了重要推动作用，他所指导的新技术晶体材料科学研究，也取得了重大成绩。

《德艺双馨　梨园楷模——著名豫剧表演艺术家常香玉》

常香玉1941年赴陕甘演出。1948年在西安创办香玉剧社。1951年为支援抗美援朝，率剧社巡回西北、中南、华南各地演出，以演出收入捐献“香玉剧社号”战斗机一架，素有“爱国艺人”之誉。

《文学大师　激流勇进——著名作家巴金》

本书以巴金生平和主要事迹为线索，回顾和展示现代著名作家巴金的一生，以期让人们看到巴金在这风云变幻的100多年中，有过成功的欢欣，有过屈辱的磨难，有过痛苦的忏悔，有过平静的安宁。巴金的人生，映照着一代中国五四知识分子坎坷而不平凡的命运。

《壮心系科学　孜孜为国昌——理论化学家唐敖庆》

本书讲述了唐敖庆从出国求学、学业有成、回国任教，到服从安排、艰苦工作、刻苦钻研，最终成为中国量子化学奠基者的过程。让人们看到了这位著名化学家的赤心爱国、严谨治学、大公无私的崇高品格和科研上的卓越成就。

《中国导弹之父——著名科学家钱学森》

当第一颗原子弹升空的时候，当中国的人造卫星奏响《东方红》的时候，当中国运载火箭腾空而起的时候，当中国研制的导弹准确命中目标的时候，人们都会想起他的名字：中国导弹之父钱学森。

《中国近代力学的奠基人——著名科学家钱伟长》

钱伟长曾以中文和历史两个100分的成绩考入清华大学。九一八事变后，钱伟长毅然放弃了文科的学习而转为理科。他是中国近代力学、应用数学的奠基人之一，在固体力学、流体力学以及航空航天领域，取得了卓越的成就，为新中国的现代化建设付出了毕生的精力。

《中国光学科学的奠基人——著名科学家王大珩》

王大珩是我国著名的科学家，中国光学科学的奠基人。他先在清华就读，后赴英国求学，学业有成，立志科学救国，其成就享誉神州。他以科学的求是精神和赤诚的爱国情怀，探索着中国光学发展的闪光之路。